LOCUS

LOCUS

catch

catch your eyes ; catch your heart ; catch your mind……

catch 144

一夜叛逃

文、攝影：郭容
責任編輯：繆沛倫　美術編輯：蔡南昇、林家琪
法律顧問：全理法律事務所董安丹律師
出版者：大塊文化出版股份有限公司
台北市105南京東路四段25號11樓
讀者服務專線：0800-006689
TEL：(02) 87123898　FAX：(02) 87123897
郵撥帳號：18955675　戶名：大塊文化出版股份有限公司
e-mail:locus@locuspublishing.com　www.locuspublishing.com
行政院新聞局局版北市業字第706號

總經銷：大和書報圖書股份有限公司
地址：台北縣五股工業區五工五路2號
TEL：(02) 89902588（代表號）　FAX：(02) 22901658
初版一刷：2008年8月
定價：新台幣280元

Printed in Taiwan

One Night Escape

一夜叛逃

郭容/著

Living in Chic Hotel

我　在　時　尚　旅　館

ANCE

一夜叛逃—我在時尚旅館

目次

One Night Escape - Living in Chic Hotel

序

在旅館裡……

當《2046》裡的梁朝偉在東方酒店的2046號房裡與章子怡纏綿繾綣……

當《愛情不用翻譯》中Bill Murray與Scarlett Johansson在東京的Park Hyatt裡為彼此失去方向的人生尋找出口……

當《女人香》中Al Pacino來到紐約最具尊榮的華爾道夫飯店打算用絢爛的方式來了此殘生……

以上電影故事的場景告訴我們，旅館不再是旅行中的短暫駐留，它是我們尋常人生的脫軌、平淡生活的激情，或許你孤獨自處、也可能與他人邂逅，但唯有來到旅館，你才能擺脫生命中不斷重複的劇情與不變的場景，然後重組人生、重新啟動、重新開始。

關於我及一夜叛逃的理由……

從事電視工作近十年，電視節目製作人是我的前一個職銜。

但無法與那些王牌的、超級的、知名的…製作人相比，我大概是那種招牌掉下來就會砸中，苦哈哈的那種。

前些日子，我的生活作息大概不會脫離以下的公式——

寫一堆最終還是成為回收紙的節目企劃案、向老闆報告他其實不懂卻要裝懂的事、被七年級屬下氣得吐血、伺候大牌藝人、熬夜剪接、向經紀公司殺價、企畫節目議題……但也不外乎就是要消費藝人、榨乾藝人最後一滴的剩餘價值。

每日午出晚歸、或是午夜才歸，回到家幾乎倒頭就睡，絕不會有體力想好好整理自己的房間，任憑衣服、雜物如何的積累，一定要到自己看不下去了，才起心動念地想要收拾，雖然自己如此熱愛時尚、生活風格的事物，但相對自己沒品質的生活，真是莫大的諷刺！

偶爾有個餘暇，想一個人圖個清靜，但家人生活中那細細瑣瑣、叨叨絮絮的聲音，看似關心、卻都成了壓力；那些全天下父母都會有的尋常問候，此刻全都成了打擾。關起門來不是自己的小天地，打開門又是婆媽劇的場景，有時真是想逃，但要逃往哪呢？

一次日本的旅行，我住進東京目黑一間所謂的設計旅館——CLASKA，它那深邃沉穩的氣質、優雅的生活風格、安靜的氛圍……深深地撫慰了我尋常生活中的雜亂及漫無目的，尤其是在旅館一晚的獨處時刻，那凝結的時間與空間，或優雅、或狂野、或摩登、或簡約，它以萬千姿態呈現在我眼前，啟動我對美好事物的探索及好奇，從此，一切都有了目的！這些風格旅館對我而言不再是雜誌上的漂亮圖片，它成為我百般聊賴生活中的救贖、成為我的逃遁、成為我旅行的目的。

於是，我列下了清單，在接下來日復一日的生活裡，我總會利用各種可能、想盡各種理由，給自己四、五天的假期，飛到鄰近的城市，與這些美好的旅館相會。而看著那些同為生計而操忙的同事們，心中也不免竊笑著，你們繼續在蒸鍋裡沸沸揚揚吧！我總算可以逃出去透個氣，與我那瀟灑、性格、狂野的一夜情人相會，哪怕只是一晚的溫存、一夜的叛逆，卻夠我蝕骨銷魂、此生難忘了！

你也想逃嗎？你也厭倦了一成不變的生活場景嗎？那麼，請你翻開書的序頁與我一起一夜叛逃吧！

PART **01**

摩登・當代

我應該算是台灣新生代的BOBO族吧！我們對生活空間的渴望，早就不是「有個窩就好」「房子夠住就好」這般微眇，我們要的可是「精品旅館小豪宅」、「飯店式管理」的風格獨具，空間設計可是要有形有款，如果再配上一、兩件設計大師的經典家具那就再好不過了！

偏偏在這物價高漲、過度消費的年代，我可不想為了一個殼而被房貸壓得喘不過氣來。如果你也心有戚戚焉，不如到旅館去實現你的精品豪宅夢。

入住在這些摩登、當代的旅館之中，不但可以擁有一晚品味十足的生活空間，也可彌補我們對美學風格的嚴重焦慮……

JIA ╳ 香港

Philippe Starck的華麗大秀

www.jiahongkong.com
Add：1-5 Irving Street ,Causeway Bay,Hong Kong
Tel：+852 3196 9000

誰是BOBO族？

這是一個尋求階級認同的年代，在全球化、商業浪潮的席捲下，品牌成了唯一的認同。這當中有一群人，他們富有，對時尚敏感且品味獨到，在乎自我風格，對商品選擇不是昂貴就好，而是要超酷炫、夠經典，最好是限量發行，只要是名設計師加持的商品，這群人就會瘋狂追求……關於旅行，他們要的也不會是鑲金包銀的豪華大飯店，因為那是郭台銘、巴菲特的選擇，他們要的是——設計、設計、還是設計！

你問這群難搞的消費者是誰？有些人給他們一個泛稱——bobo族，所謂的bobo族就是布爾喬亞與波西米亞的混血，亦即浪漫自由派的中產菁英，而也因為這群人，我們的消費不再無聊。但，我是bobo族嗎？因為享樂的財力有限，所以我穿CK的bra搭配NET的underwear、喝廉價的咖啡但要配名家的杯具、買不起精品式豪宅但至少我可以蒐集精品旅館，在有限的經濟條件下，我還是要有型有款的人生啊！而在我蒐集的精品旅館清單中，一定要去朝拜的，就是法國設計天王Philippe Starck所設計的精品公寓式旅店JIA。這間旅店不是太便宜，但也不致貴得付不起，刷卡訂房的瞬間是那種有點心痛但又超爽的感覺，約莫2件DESEL牛仔褲或是COACH包的代價，你就可以在此住上一晚！若你知道想邀請Philippe Starck為你設計私人宅邸，恐怕是要法國總理密特朗那種等級才請得起，那這筆錢更是花得絕不揪心、無需眨眼！更有網友在知名旅店評論網站TripAdvisor為這間旅店留下狂妄的標題——「Who needs the Peninsula?」（誰需要半島酒工業設計的同行或許對Philippe Starck是又愛又恨吧！
畢竟他的過於多產及如明星般的高曝光量，
總會讓人覺得功利或沽名釣譽，
而我們對他的喜愛是否也是被媒體一面倒的好評而催眠著呢？

出口

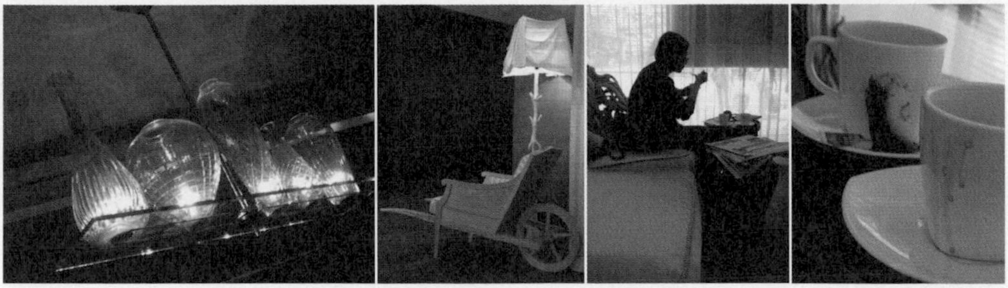

店？）JIA的魅力居然厲害到能撼動香港半島酒店在旅客心目中的天王地位！識時務者、瘋潮流者，怎樣都要去朝聖一次。

設計天王Philippe Starck在亞洲首間精品旅館

Philippe Starck在設計界可說集萬千寵愛於一身，他所設計的商品更可謂族繁不及備載，小到Alessi的Juicy Salif外星人榨汁器、大到東京的麒麟啤酒總部，從家飾、衛浴、燈具、服飾、電器、交通工具……都有這位捲髮頑童的設計身影，然而Starck最精采的當然是他的interior design，實在很難用簡單的一句話來形容他的室內設計風格，奢華、古典、超現實、科幻、詭譎、幽默、純真……鬼才的他總能將看似衝突的元素和諧地鋪陳為一個既時尚又摩登的室內空間，因此也造就了令人讚嘆的史塔克風格，當然想要全方位的體驗Starck Style，入住由他所設計的Boutique Hotel是最直接的方法了！話說其設計Boutique Hotel的歷程，要從1988 年他與精品旅館大亨Ian Schrager在紐約合作的The Royalton開始，從此讓世人見識到他狂野、詼諧、華美的設計才華，而接著在邁阿密、倫敦、洛杉磯、舊金山等大都會，皆有Philippe Starck所設計的旅店，有的只要最低100美金的代價，就可以全方位的擁抱這個設計怪傑的作品，而其中距離我們最近的當然是香港的JIA Boutique Hotel。

事實上JIA的掌舵者是來自新加坡，不到30歲的女企業家黃佩茵Yenn Wong，當其家族企業購得銅鑼灣現址的25層高大廈時，她就計畫將此大

所謂的bobo族就是布爾喬亞與波西米亞的混血，亦即浪漫自由派的中產菁英，而也因為這群人，我們的消費不再無聊。在我蒐集的精品旅館清單中，一定要去朝拜的，就是法國設計天王Philippe Starck所設計的精品公寓式旅店JIA。

JIA的外觀極其低調，行經於此會不經意以為只是間普通的高樓公寓，然一踏入旅店，隨著音樂流洩而來的是夢幻摩登的氛圍，而lobby的陳設果然非常Starck！頗有倫敦The Sanderson Hotel 縮小版的味道。

樓改為時髦的旅店，因此她與YOO DESIGN合作，而JIA Hong Kong也應運而生。Philippe Starck可說是精品旅館界的icon，若說他是室內設計界的DOLCE&GABBANA、ALEXANDER McQUEEN，我想也不奇怪，或許體驗他的設計代表著某種程度的品味、前衛或反骨，但品味畢竟是要用錢堆砌出來的，在入住JIA之前，我對Philippe Starck的認識永遠是片面的，對他在設計界如同「神」般的地位，我有一種想去探究的好奇，也或許帶有一絲的虛榮，總之我是帶著近乎儀式性的崇敬入住於此。

只是，此行我做了最大膽的試驗，我居然帶著歐巴桑級的老媽一起同行！我的旅行向來就是要逃離家人的叨叨絮絮，但一個人出國吃喝玩樂久了，真的內心滿罪惡的，我一直很好奇所謂的風格生活與平民百姓間究竟有多少距離……入住JIA就是個有趣的實驗，而我那終其一生都不會懂什麼是時尚、什麼是設計的老媽，她會喜歡JIA嗎？

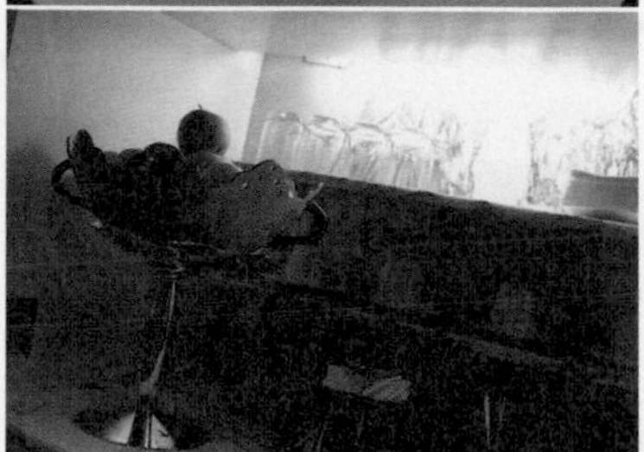

大堂另外一個重要的功能，就是入住於此的旅客可於任何時間在此享用飲料、點心，從早餐、下午茶到晚上的飲酒，可在此隨興取用。

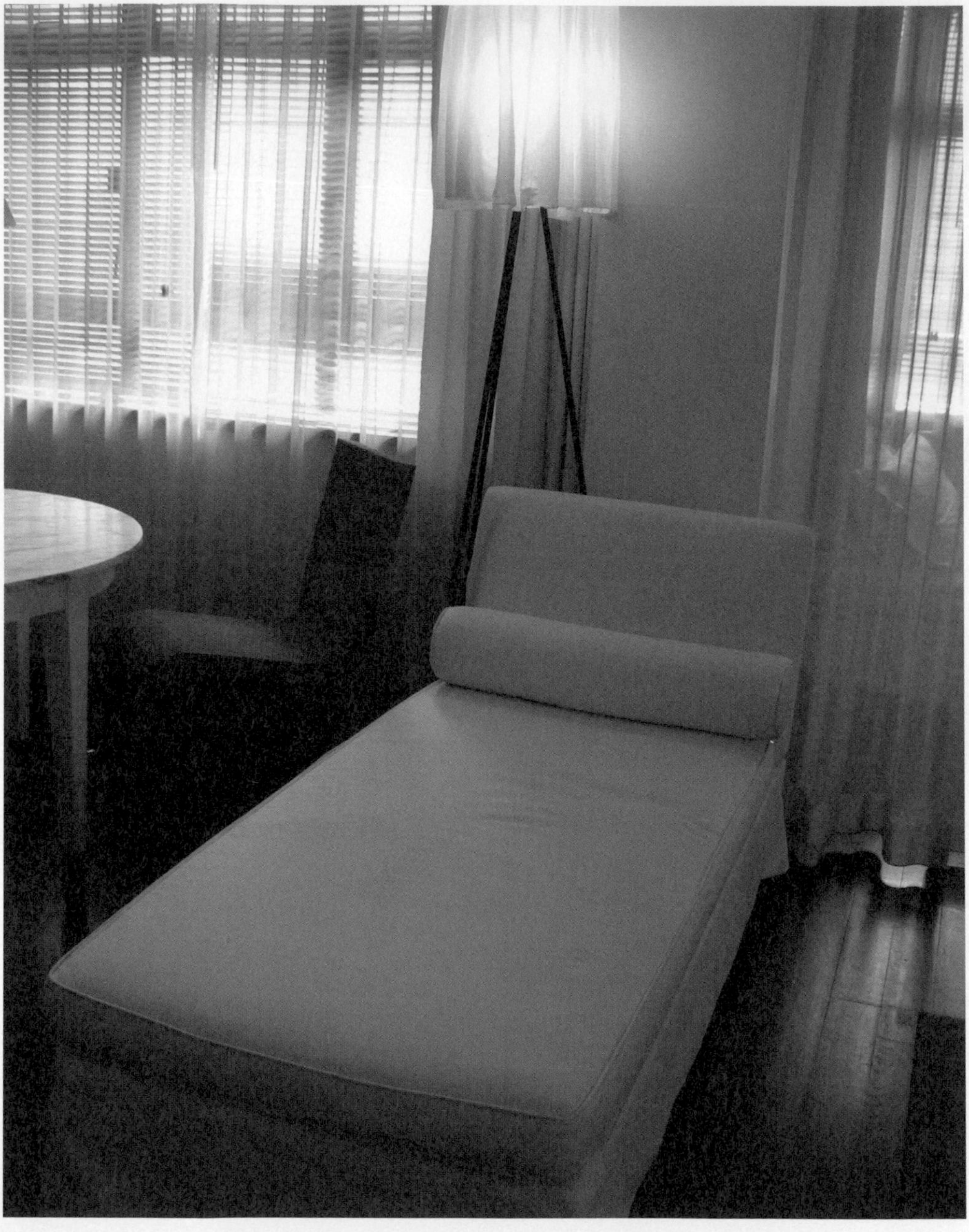

Starck最精采的當然是他的interior design，鬼才的他總能將看似衝突的元素和諧地鋪陳為一個既時尚又摩登的室內空間。

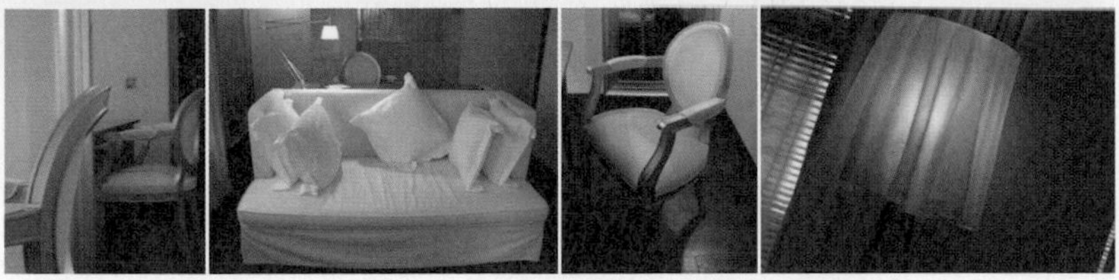

Lobby彷彿Starck的華麗家具大展

其實JIA的外觀極其低調，行經於此會不經意以為只是間普通的高樓公寓，然一踏入旅店，隨著音樂流瀉而來的是夢幻摩登的氛圍，而lobby的陳設果然非常Starck！頗有倫敦The Sanderson Hotel 縮小版的味道，將Starck自己設計的家具混搭其中，以華麗古典的沙發為主體，再搭配著Tooth Stool牙齒圓凳、La Boheme花瓶椅凳、Hudson搖椅、Cicatrices De Luxe 5裝飾燈組等，讓大堂的感覺顯得奔放而不受拘束。而大堂另外一個重要的功能，就是入住於此的旅客可於任何時間在此享用飲料、點心，從早餐、下午茶到晚上的飲酒，可在此隨興取用，於是入住於此的型男型女們就坐在Meet Kong高腳椅上，盡情的show off，享受那看與被看的樂趣。

既摩登又溫馨的公寓格局

JIA最讓我大感意外的是，它並不若一般的精品旅店顯得冷調而疏離，在chic的氛圍裡、摩登味十足的家具中，那怕你是個永遠不知Starck是何許人、看不懂Starck設計為何物的普羅老百姓，都會愛上那被溫暖空間包覆著的感覺，或許是舊大樓改建所營造的時間感，加上木質地板，一應俱全的配備——廚房、工作檯、小客廳、餐廳、臥房、倚窗的小沙發……，JIA真的像個「家」，哪天要是可以買個小公寓，這個房間就是我裝潢的雛形吧！

自在隨性的公寓時光

房間的照明設備以Starck設計的Romeo系列為主，在餐桌旁則用Rosy Angelis立燈，讓空間顯得輕盈，Starck廣泛地運用白紗將房內空間區隔開來，但清透的白紗並不會造成視覺的阻礙，這也可說是Starck設計旅店或公寓時慣用的手法。由於整體空間以原木地板、白色牆面搭配白色沙發及具有科技金屬感的家具，同時在牆面上綴以黃色的鏡面，頗有畫龍點睛之效，尤其Starck特別在黃色鏡面旁放上「DREAM」幾個大字，似乎在提醒著入住的旅人不要忘記任何夢想的可能，也呼應著他本身自稱為「Dream Maker」而非「Designer」這樣的想法。

整個房間的格局中，我最喜歡靠窗的沙發區，斜倚在純白沙發旁喝杯熱茶、隨性發發呆，聆聽旅店貼心準備的JIA專屬CD，真是一種奢侈的放縱，沙發旁的則是Saint Esprit系列，既可當椅凳亦可當邊桌，這應該是Starck眾多產品中最童心未泯的設計吧！而餐廳的空間也很精彩，一張硬紙纖維材質、由Frank O. Gehry所設計的經典椅Wiggle Chair，與大理石圓桌、Louis Chair搭配起來也頗為合襯。JIA另一個貼心的設計，就是有一個可以讓旅客DIY的小廚房，雖然香港的美食總讓人吮指回味，但每天大吃大喝也是一種磨難，為了善用這個漂亮的小廚房，於是當晚我買了簡單的餐點在餐廳享用寧靜而舒服的一餐，完全不用擔心沒有漂亮餐盤這回事，齊全的廚具及英國Semg微波爐，讓外賣的餐點依然香噴噴、熱騰騰，剎那間，是在家裡還是出外，那界線已模糊不清了！

整個房間的格局中，我最喜歡靠窗的沙發區，斜倚在純白沙發旁喝杯熱茶、隨興發發呆，聆聽旅店貼心準備的JIA專屬CD，真是一種奢侈的放縱，沙發旁的則是Saint Esprit系列，既可當椅凳亦可當邊桌，這應該是Starck眾多產品中最童心未泯的設計吧！

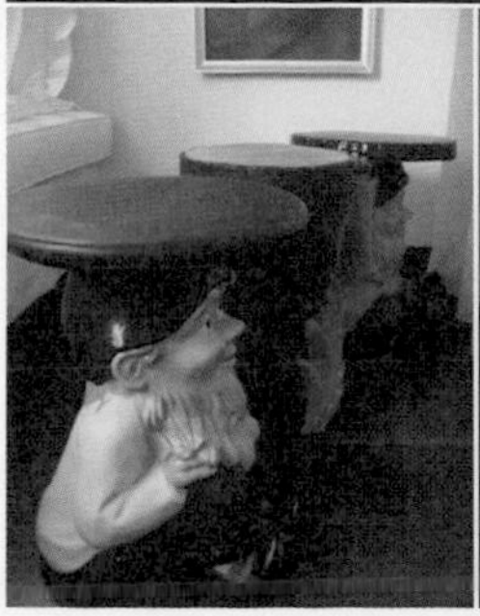

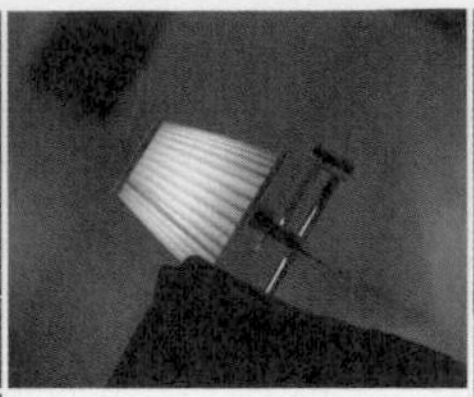

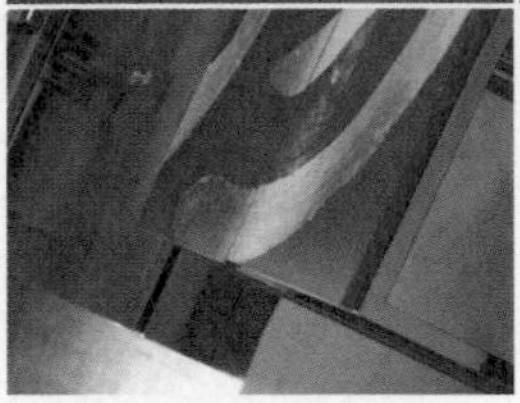

JIA的衛浴空間雖然不大，但牆面皆砌以大理石，讓窄小的空間變得大器，而Starck所設計的經典衛浴配備2 Mixer水龍頭，則攫取了我所有的目光。衛浴香氛則選用來自曼谷的Ziamese Secrets品牌，以green mulberry做為基底材料，那單純又濃郁的植物馨香給我一種清爽的感受。其實，旅館已經住成精的我，對旅館提供的沐浴用品早就培養出敏銳的知覺，從質地、香氣到成分，很快就能分出優劣，也可藉此細節處看出旅店經營的用心與否，而JIA此回揚棄了千篇一律的國際知名品牌，倒也讓我徹底感到refresh！

媒體把Starck神格化？

我常在想，工業設計的同行或許對Philippe Starck是又愛又恨吧！畢竟他過於多產及如明星般的高曝光量，總會讓人覺得功利或沽名釣譽，而我們對他的喜愛是否也是被媒體一面倒的好評而催眠著呢？然而不可否認，他的設計開啟了無窮的想像力，當塑膠椅可以華麗、當平凡家具變得童趣，在單調制式的生活中，Starck設計的物件啟動了無限可能，引領我們去思索、去想像……而我那生活簡單平凡、離時尚摩登距離遙遠、永遠不懂設計的老媽，在check out前告訴我她也喜歡JIA，可見時尚前衛與溫暖舒適並不悖離，而被神格化的Starck依然能夠落入尋常百姓家，雖然無法確定JIA在Starck設計的旅店中是否是最精彩的，但依然令人激賞！

gossip

其實我本來訂的是studio房型，但或許入住時是淡季，服務人員直接幫我升等為suite房型，讓我現賺了1000塊港幣及2倍大的房間！

請善用旅店lobby的下午茶及晚上cocktail hour，別窩在房間當宅男宅女，因為你很可能在lobby遇到名模或知名藝人。

如果你覺得JIA的房價過於昂貴，請換算一下，銅鑼灣絕佳的地理位置加上設計天王Starck的全套家飾及獨門設計，或許你一輩子都攢不到足夠的錢在這裡買個小單位，那麼來此住上一晚，絕對是超划算的投資。

Philippe Starck
www.philippe-starck.com

法國當代設計鬼才，設計項目多元，他設計的精品旅館系列包括：紐約Royalton Hotel、Paramount Hotel、Hudson Hotel，倫敦St. Martins Lane Hotel、Sanderson Hotel，邁阿密Delano Hotel等。2008 年秋天的最新力作將會是在洛杉磯Beverly Hills的SLS Hotel。

TripAdvisor
www.tripadvisor.com

旅行推薦家網站，提供旅行者真實的建議，而受到網友的喜愛，網友可上傳旅店照片並給予評價，讓其他網友在出遊前可得到最實際的情報。

Ian Schrager

精品旅館教父，因為厭惡千篇一律的大型連鎖飯店，所以打造出具有個性、風格與態度的旅館，1984年在紐約開設第一家精品旅館Morgans Hotel後，在美國與倫敦相繼開設多間精品旅館，讓旅館不再僅是提供休息的建築物，而成為旅行的目的，也開創了精品旅館Boutique Hotel的美好年代，許多國際媒體為他冠上「品味旅館大亨」(Stylish Hotelier)的頭銜。

JIA Shanghai × 上海

摩登·趣味·破格·新上海

www.jiashanghai.com
Add：931 Nanjing Road, Shanghai 200041, CHINA
Tel：＋86 21 6217 9000

JIA在上海開分店了！

如果當初入住JIA Hong Kong的人是衝著Philippe Starck的名氣而來，那麼，住過JIA Shanghai之後，你會發現JIA的魅力絕非單純來自天王設計師的加持。當初JIA能一夕爆紅，多少要拜Starck的名氣所賜，但也因為JIA在香港的空前成功，他那獨樹一格的服務方式及空間風格，造就一種life style、一種生活態度，吸引了一群風格旅人的忠實擁護，也讓業主Yenn Wong在中國上海、泰國普吉島陸續進行JIA Boutique Hotels系列的開設計畫。或許是因為上海這個具有指標性的城市，卻一直沒有堪稱國際水準且血統純正的精品旅館進駐，因此JIA Shanghai的開幕更是引起多方的注目與討論，也不知是否是旅店本身感受到這分壓力，又或者是在經營上的慎重嚴謹，正式營運的日期就這樣讓人一等再等！打從JIA要在上海開「分店」的消息一出，我就四處打採JIA的開幕日期，從2006一直拖到2007，讓我這個旅館迷著實等得心焦，終於在接近夏季的尾聲的某天夜裡，我打開電子信箱，收到JIA Shanghai開幕的消息，於是我將游標點向代辦網站、加注大陸簽證，JIA Shanghai的驚奇之旅，於焉展開。

風格旅行者 JIA的消費者

如果要問我何謂JIA的life style，我的解讀是，布爾喬亞與波希米亞混血的BOBO式生活，有一定的經濟能力，對生活有獨到的品味，但不愛矯情的高貴，渴求自我空間、私領域低調，年輕——是心境上的絕對年輕，具有某種程度的幽默感，當然對新事物都能保持高度興趣……這年頭，搞旅

設計師顯然想藉由空間
去訴說一個與東方情懷、古老中國有所連結的故事，
他不想將客房變成千篇一律的簡約風格，
所以房內許多小細節成了他空間劇本中重要角色……

旅館的內部裝修完全擺脫復古情懷的陳腔濫調，走出嶄新的當代風格，從lobby幾盞線條流利的黑色鳥籠及用金線繡出花紋的壁面，就可看出對舊上海金迷紙醉的溫存。

館，真的要有些創意，有錢人可也是很精明，如果稍微失去新鮮感，很快就會淘汰出局，尤其是精品旅館這種已不純然是服務業的商品，如同時尚產業一樣，需要消費設計、消費話題、消費身分認同、甚至消費階級意識，如何行銷包裝更是要機關算盡，否則今日你引領潮流，明日也可能淪為普通角色，我相信JIA的業主一定深明此理，所以從香港的JIA、到新加坡的Graze、Muse Bar，不論它賣的是餐廳、夜店或旅館，它用完整的劇本告訴你JIA的態度與風格，也讓我們這種以「要對自己好一點」、「生命就該浪費在美好的事物上」為生活教條的人，心甘情願的消費買單。而JIA Shanghai的開幕，更讓業主的風格霸業更趨完整。

建築過去式 空間未來式

JIA Shanghai坐落的南京西路，在民國初年稱作靜安寺路，在當年同為熱鬧繁華的租界區，但與喧囂吵雜、人車雜沓的南京路(今上海南京東路)不同，這條街多經營時尚、高檔的店鋪及娛樂場所，如：咖啡廳、時裝店、電影院及舞廳等，可說是條摩登時髦的商業街，張愛玲小說《色，戒》中所描繪的凱司令咖啡、西伯利亞皮貨店、平安大戲院等都在這個區域，行走於街上，我彷彿聽到電車緩緩駛過的聲音，雖然街道悠然氣氛依舊，但看到的多是歐美品牌的時裝店及星巴克咖啡了。旅館就藏身南京西路與泰康路交叉口這棟建於上個世紀的歐式優雅建築中，與上海昔時的豪華公寓「泰興大樓」正對街遙遙相望著。雖然上海這樣的老建築比比皆是，但旅館的內部裝修卻能完全擺脫復古情懷的陳腔濫調，走出嶄新的當代風格，

Lobby的左側是供旅客飲料的lobby lounge，在不同時段提供免費的糕點、飲料及早餐，這樣隨興自在的服務方式已經成為JIA的註冊商標了。

同時也未完全拋棄中國元素，從lobby幾盞線條流利的黑色鳥籠及用金線繡出花紋的壁面，就可看出對舊上海金迷紙醉的溫存，再加上當代的裝置藝術，讓大廳成為Chic China的全新演繹。香港建築公司的AFSO的Andre Fu是JIA Shanghai 大廳的設計者，為香港、上海等知名夜店及精品旅館都留下許多口碑不俗的作品，他曾為香港的JIA設計了附屬的OPIA餐廳，這次在上海與JIA再續前緣也就不足為奇了！

LOUNGE免費提供飲品 早餐卻很冷調

JIA Shanghai的門口依然保持低調，沒有醒目的大招牌，黑色不透光的玻璃門更讓行經路人看不出裡面「賣什麼碗糕」，一踏入大廳的木質地板有一種粗獷的原始感，整體以紅黑色系為主軸，右側有個環型沙發供入住的旅客可在此稍事休息，倚著牆則放著兩尊超大公仔做為裝飾，讓低調穩重的空間不失年輕風趣，可說是非常畫龍點睛的設計！Lobby的左側則是供旅客飲料的lobby lounge，在不同時段提供免費的糕點、飲料及早餐，這樣隨興自在的服務方式已經成為JIA 的註冊商標了，讓入住於此的旅人有個休憩、社交的精巧空間。倒是我想對JIA的早餐抱怨一下，當初到香港住JIA時，就對它那完全以老外飲食習慣為思考的continental breakfast有一點點失望，畢竟東方人早晨的食物總是熱騰騰的，至少應該有熱雞蛋或培根之類的食物，我當然能理解這裡的設計是bar不是餐廳，而且這樣的餐飲設計也是為了維持旅館簡潔風格的一種安排，但我不是名媛淑女，自然無法為了風格、為了優雅、為了氣質而犧牲我想大開吃戒的口腹之慾，更何

房間內的櫥櫃、牆壁的白與地板、電視櫃的黑，構成對比性十足的俐落風格；但設計師顯然想藉由空間去訴說一個古老中國的故事。

況這可是一晚要價將進300美金的高檔旅館呢！望著那些排放整齊有致的簡單輕食，我的胃口卻始終熱情不起來，還好那杯堪稱水準以上的熱咖啡撫慰了我那渴望吃高蛋白質食物的腦神經。

創意物件堆砌出摩登中國風

JIA Shanghai的建築結構與客房設計則是由墨爾本的BURO Architects與Hecker Phelan and Guthrie Interiors（HP&G）所聯合設計的，這個來自澳洲的設計團隊已經有許多精品旅館及時尚餐飲空間的設計作品，包括墨爾本的The Prince Boutique Hotel、雪梨的Establishment Hotel等，而未來即將於泰國開幕的JIA Karbi也是由此團隊所設計的。當服務人員引領我進入電梯開始，盡是幽暗、隱密的色調，但踏到客房門口卻又是漆成有童話色彩的淺蘋果綠迎接著我，而房間內的櫥櫃、牆壁的白與地板、電視櫃的黑，構成對比性十足的俐落風格；但設計師顯然想藉由空間去訴說一個與東方情懷、古老中國有所連結的故事，他不想將客房變成千篇一律的簡約風格，所以房內許多小細節成了他空間劇本中重要角色，包括以古典燈籠為原型的紙燈、用中國罐頭為創作題材的普普風海報及中國風情的邊桌，而優雅的骨瓷餐具及擺放茶包的古典木盒，更提醒著別忘了上海大戶人家的貴氣。

但別以為驚喜只有這些，放在桌上的大白兔奶糖，讓旅客體驗屬於上海的平民點心，但可惜這口味實在與我不合，我還是偏愛正宗台灣味的義美

房內許多小細節成了他空間劇本中重要角色，包括以古典燈籠為原型的紙燈、用中國罐頭為創作題材的普普風海報及中國風情的邊桌，而優雅的骨瓷餐具及擺放茶包的古典木盒，更提醒著別忘了上海大戶人家的貴氣。

偌大的衛浴空間中，時尚簡約的浴盆與淋浴間搭配的卻是義大利的BISAZZA金箔馬賽克磁磚，可說是貴氣逼人，也營造出獨特的東方奢華；而洗手檯前的木質圓凳，可是歐洲名牌Minotti的Kitaj，設計者會將之放在衛浴空間中，可見旅館真是下了重本。

放在桌上的大白兔奶糖，讓旅客體驗屬於上海的平民點心。置於櫃子裡的中國跳棋、地產大亨遊戲盒、英文版毛語錄，讓我感受到JIA的另類創意。

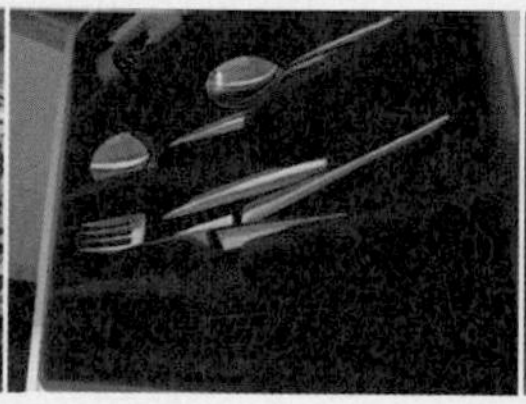

牛奶糖，但用漂亮方正的盒子盛著，倒也令人賞心悅目。旅館提供的娛樂的休閒設備中，完整的影音光碟設備已是基本了，倒是置於櫃子裡的中國跳棋、地產大亨遊戲盒、英文版毛語錄，讓我感受到JIA的另類創意，我打開遊戲盒東摸摸、西玩玩，廉價的玩具卻能帶給我莫大的滿足感，頓時才發現原來深埋在疲累靈魂裡的童稚之心依然存活著！可千萬別放過這中國版的地產大亨遊戲盒，如果想要在廣州、東莞或是上海置產，這遊戲應該就是最好的實戰模擬了。若還是精力旺盛的話，就讀讀旅館準備的「紅寶書」毛語錄吧！我無法確定旅客讀這本書是否會熱血沸騰，但既然是英文版的，換作是我，肯定看沒幾行就開始呼呼大睡，也算是極佳的「助眠」工具書。

房間整體設計不但將中國元素巧妙地融入其中，色彩運用大膽豐富，所使用的家具也都是上上之選。偌大的衛浴空間中，時尚簡約的浴盆與淋浴間搭配的卻是義大利的BISAZZA金箔馬賽克磁磚，可說是貴氣逼人，也營造出獨特的東方奢華；而洗手檯前的木質圓凳，可是歐洲名牌Minott的Kitaj，這張既可當圓凳又可當邊桌的家具，做工非常細膩扎實，造型優雅又氣質出眾，設計者會將之放在衛浴空間中，滿讓人意外的，但也可見旅館真是下了重本，哪怕是浴室的圓凳都要堆砌出高雅的質感。放在洗手檯邊的沐浴香氛全部以茉莉花香為基調，連沐浴的氣息都很東方，而這一切也讓設計者費盡心力勾勒的劇本更嚴謹、更清楚，也更明白了。

在建築中俯瞰摩登上海

基本上，少了天王設計師色彩的JIA Shanghai，有了更清楚的個性與主張，但由於建築內部空間全部翻新，也讓這棟1920年代的建築與旅館本身似乎少了些連結，不像Hotel 1929、New Majestic仍保留住老建築那種雕刻過的時光，若當初設計者能運用點技巧「偷」得一點時光的遺跡，串起上海過去、現在與未來，我想JIA Shanghai就不單只是間時髦的旅館，還會有更醇厚的文化氣息，那是一種禁得起時間考驗，值得細細咀嚼的生活軌跡，在建築中俯瞰著南京西路的車水馬龍，遙想著當年摩登男女穿過街頭逛洋店鋪的景象，如此這般，JIA Shanghai在我心中就接近完美了。

倒是旅館一樓的店鋪，不是漂亮的咖啡廳或餐館，而是adidas的專賣店，這點讓人覺得挺詭異的……

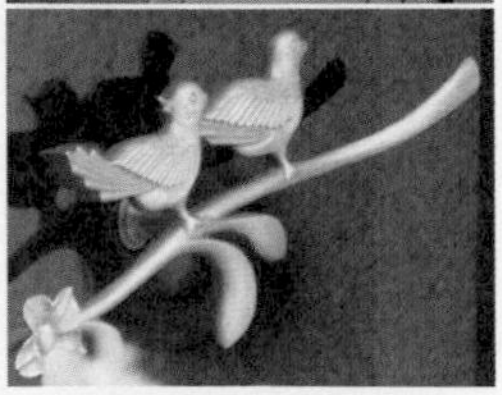

gossip

我個人覺得JIA Shanghai比JIA Hong Kong來得有趣，光房間的廚房與小玩具就足以讓人東摸摸、西玩玩消磨一晚的時光，設計細節也處處流露新式東方觀點，充滿啟發性，是inspiration型的旅店。

若非要挑剔一下，就是衛浴空間雖然是閃亮亮的馬賽克拼貼、浴缸也光滑嶄新，但沐浴的水卻不夠溫熱而且還黃濁濁的，讓我泡澡泡得心驚膽戰，看來再漂亮的浴室，少了優良的水質，也是枉然！

Andre Fu
afso.net

傅厚民，香港知名室內設計師，是著名建築師John Pawson的得意門生，為許多時尚餐館、旅店及影視名人做室內設計，包括香港蘭桂坊酒店(LKF Hotel)的Azure餐廳、JIA Hong Kong的OPIA餐廳、上海的ZENIBAR及楊紫瓊的家居等。並與Stephane Orsolini 成立AFSO設計公司。

BURO Architects
www.buroarchitects.com.au

澳洲知名建築結構及室內裝修設計團隊，設計過許多精品旅館及時尚酒吧、咖啡館、餐廳等，作品包括墨爾本The Botanical Hotel、澳洲Grampians的 Royal Mail Hotel、新加坡的Graze Bar等。

HP&G
www.hpg.net.au

Hecker Phelan and Guthrie Interiors，澳洲室內裝修設計公司，由Kerry Phelan、Paul Hecker及Hamish Guthrie所共同創立，時尚摩登為其設計方向，得獎作品包括COMME、Alannah、Kew Residence、Palace Cinema Como等。

CLASKA ╳ 東京

目黑，完美的一天

www.claska.com
Add：東京都目黑區中央町1-3-18
Tel：＋81 3 3719 8121

目黑車站迷航記

熱愛時尚、設計事物的旅人們，誰不迷戀東京呢？在東京這個滿得快要溢出來的城市，我們總是過於貪心的想要去攫獲所有的一切。在一趟7天的東京之行中，我從銀座的華麗夜晚揭開序幕，接著是上野、表參道、新宿、澀谷、台場、六本木……所有的一切都是滿溢的，滿到令我無法消化、快得讓我快要窒息。當我幾乎以為摩肩接踵、霓虹閃爍是這城市唯一的面貌時，我從銀座一個房間小到光行李箱就足以把走道擋死的商務旅館，搬到目黑的CLASKA，忽然間，東京變得不一樣了，氣氛不同了、人不同了，連眼前的東京街景也不同了！

去東京旅遊的身心狀態，大概會是從最高點然後逐漸下滑，當過HIGH的心情逐漸冷卻、豐沛的體力也逐漸疲憊，你會渴望一個更真實、更生活化的空間，好紓解那大都會裡過於擁擠、過於絢爛的一切，而我就是在這樣的心情下來到CLASKA的。老實說，從銀座搬到目黑也是一趟不輕鬆的過程，因為CLASKA距離JR山手線目黑站約莫10分鐘的車程，只是當初我沒把地圖說明看仔細，誤以為從目黑站走路10分鐘即可抵達，於是乎我開始了目黑車站迷航記，就這樣在目黑區瞎晃了半天、東拐西彎找了好久，終於遇上一個會說英語的年輕警察指引我正確的方向，只是天知道從目黑車站走到CLASKA可是要將近30分鐘！加上我又帶著一個超大行李箱，走在目黑忽高忽低的路面上，累得我氣喘吁吁，雖說行李箱是旅人最重要的伴侶，但在那一刻，我真巴不得能狠心地丟掉它！而當我終於來到旅館門

它最大的魅力在於那份低調的美感，
看似輕輕淡淡卻後勁十足，不同於一些精品旅店，
看似花俏炫目 但住一晚便罷，CLASKA的醇厚深度會讓你著魔，
讓人渴望在此Long Stay……

CLASKA是由一間有30幾年歷史的老舊旅店改建而成，它最大的魅力在於那分低調的美感，看似輕輕淡淡卻後勁十足。

口，看到CLASKA的招牌，我知道我得救了，這才發現原來旅館是異鄉旅行中、孤立無援的心情下，最溫柔的慰藉！

Enjoy your Tokyo tower－生活在日劇場景般的真實

CLASKA是由一間有30幾年歷史的老舊旅店改建而成，是由多位設計達人們聯手打造，包括由韓裔美籍設計師鄭秀和所設計的建築外觀、由Torafu Architects所操刀的長期住房、由英國設計團隊Tomato在入口處所設計的光影空間等……它最大的魅力在於那分低調的美感，看似輕輕淡淡卻後勁十足，不同於一些精品旅店，看似花稍炫目但住一晚便罷，CLASKA的醇厚深度卻會讓你著魔，讓人渴望在此Long Stay。

我住的是505號房，雖說是CLASKA唯9間房型中最小、價位也最平民的房間，但相對東京那些僅容旋身的商務旅館，這樣的空間真的夠大也夠奢華了。我不但擁有舒服柔軟的大床、更能透過大片的窗戶看到整個東京夜景，尤其當引領我至房間的服務人員離開時還特別提醒我：「Enjoy your Tokyo tower!」才發現眼前那既靠近又疏離的東京夜景中，在遙遠處閃爍光亮的紅色尖塔，雖然是迷迷濛濛的……但住在505號房裡，無論躺在床上或是如廁沐浴，我都可以透過清透的玻璃窗享受那專屬於我、獨一無二的東京鐵塔，這樣的體驗又怎能說不奢侈呢？離開了東京都心的喧囂混亂，住進氣質獨特的CLASKA，我終於感覺到在東京扎扎實實的活著，而不只是倉倉促促的觀光客，住在這裡像是生活在日劇的場景裡，真實得不可思議。

有底蘊的生活空間，複合的文化場域

除了絕佳的視野之外，房間的配備也很細膩，包括由北歐大師Jacob Jensen所設計線條極簡深邃的T1電話、鄭秀和所設計的TOSHIBA LCD電視、Nakamichi的音響、bodum的燒水壺、Mark Web的沐浴用品……，即使小至茶包也都是上上之選。所有的細節都極為簡潔，既不搶空間的風采又讓人無法忽視它們的存在，而藉由這些小物件的使用，譬如燒煮一壺熱水泡杯綠茶、聆聽旅館準備的CD專輯、在木質地板鋪陳的衛浴空間洗滌……這些看似簡單、非常生活的過程，一切都是有底蘊、有禪機的，它會讓人慢慢定下恍惚的心思、過濾雜亂的情緒，然後在時光的流動中思考何謂生活的本質，而這一切或許也正是日本設計美學的奧義吧！

旅店的頂樓Rooftop Terrace則是另一個令我懷念的空間，從這裡望去沒有繁華的招牌或霓虹燈，而是像日劇中的公寓場景，而頂樓的背面就可看到旅店歲月的痕跡——掉漆生銹的扶手、留下水漬的牆面，讓CLASKA更顯得真實及人味。在夏季的晚上，旅店頂樓會開放營業，可在此點上一杯飲料，在木架的高檯上享受這裡的夏夜晚風。從頂樓往下走去，是專門租借給SOHO族的個人工作室、還有形式較特別的長期住房，最值得一提的是，二樓的CLASKA GALLERY是一個做為藝術展覽及商業活動的開放空間，也有個人的show room，讓整間旅店呈現濃濃的自我風格，也宣示著這間旅店對獨立精神、設計創作的讚揚。一樓則有名為The Lobby的餐廳，白天還穩靜沉歛，到了晚上則一身狂野搖身變為lounge bar，配上DJ show，也讓這裡的夜晚成為時尚雅痞的聚集之地；一樓的一角則有essence

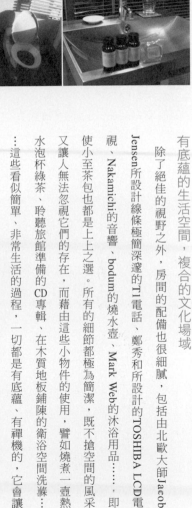

旅店的頂樓Rooftop Terrace則是另一個令我懷念的空間，從這裡望去沒有繁華的招牌或霓虹燈，而是像日劇中的公寓場景，而頂樓的背面就可看到旅店歲月的痕跡——掉漆生銹的扶手、留下水漬的牆面，讓CLASKA更顯得真實及人味。

一樓則有名為The Lobby的餐廳，白天還穩靜沉斂，到了晚上則一身狂野搖身變為lounge bar，配上DJ show，也讓這裡的夜晚成為時尚雅痞的聚集之地。

CLASKA最猛的設計應該是DogMan的寵物沙龍，雖然在這間店裡都是目黑地區居民的寵物狗，但透過玻璃窗看到可愛的狗狗們，多少能慰藉旅人們旅途的疲憊和寂寞。

藝術書店，雖然藏書並不多，但隨性的翻起一些設計雜誌與攝影集，也能充實旅途的精神生活。往外走去，最猛的設計應該是DogMan的寵物沙龍，雖然在這間店裡都是目黑地區居民的寵物狗，但透過玻璃窗看到可愛的狗狗們，多少能慰藉旅人們旅途的疲憊和寂寞，也顯示日本真是個溺愛又依賴狗狗的國家，連CLASKA的長期住房都配有一隻愛寶的電子狗，可見狗在他們的生活中佔有多麼重要的位置。2008年CLASKA做了些改造，整體的空間不變，但多了和式房型供旅客選擇，一樓的餐廳則改名為KIOKUH，提供更健康、有機的美食餐點，二樓則有展場空間及販賣設計商品的DO，總之，CLASKA的定義絕對不只是旅館，而是設計文化與生活的複合空間。

目黑是東京有名的「家具街」，這裡的家具店多是由深具品味的年輕人所經營，店面皆不大，但每家販售的家飾都有其特色。
沒想到我居然能在這一間間獨立的小店與這些名家設計的家具近距離的接觸，實在讓人讚嘆東京人的品味果然是世界級。

車専用
CÊSAR
ISUZU

目黑，設計氣息濃郁的生活聚落

如果旅店周邊的生活氣息也構成對旅店記憶一部分的話，那麼CLASKA周邊看似平凡無奇的巷弄街道絕對是值得細細品味的地方，旅店貼心地免費提供旅客騎乘腳踏車，讓旅客可悠遊於目黑的風情。其實目黑是東京有名的「家具街」，這裡的家具店多是由深具品味的年輕人所經營，店面皆不大，但每家販售的傢飾都有其特色，包括北歐、美國的造型椅具、二手家具、燈飾等，其中更不乏如柯比意等工藝設計大師的作品，沒想到我居然能在這一間間獨立的小店與這些名家設計的家具近距離的接觸，實在讓人讚嘆東京人的品味果然是世界級，千萬別害羞踏進去，大方的觸摸與享受這些名品家具的質感與線條，即使買不起也讓那份擁有的慾望得到宣洩！除了家具店外，還有一些食肆、咖啡店及手作物小店，每間店都小巧有型，似乎對往來的人們訴說著存在的風格與態度。

在目黑，從CLASKA的實驗空間到設計氣息濃郁的家具小店，我體驗了被文化、風格、美學所圍繞的生活方式，純粹又澄澈，雖然稍後我要搭著地鐵前往擁擠的新宿遊歷，但旅途的疲憊已經褪去，我知道下回我還會再來，因為在目黑，我擁有完美的一天。

gossip

Claska有一種限期7天的長期住房，價格更便宜，是住Claska的另一種選擇。

住Claska請務必保留一個下午的時光，向櫃台借腳踏車在目黑區隨性閒逛，看到有趣的咖啡館或家具行就放膽進去坐坐，因為這是屬於Claska式生活的一部分。

交通較不方便是住Claska的小遺憾，但也因為這樣，我才能在春天時節，在公車上欣賞到目黑川沿岸盛開的櫻花，所以請耐心的等待公車再轉乘至地鐵站，因為這也是Claska生活的一部分！

Claska服務人員英文能力很好，不會有雞同鴨講的問題。因為房間數量很少，無法透過任何訂房系統代訂，須直接mail給Claska訂房，旅館會很快的回覆。

Torafu Architects
www.torafu.com

由日本年輕設計新秀鈴野浩一、禿真哉所組合而成的設計團隊。為CLASKA設計的長期住房在2005年獲得DFA在內的多項設計獎項，因此受到廣泛的注目。

Tomato
www.tomato.co.uk

來自英國倫敦的前衛設計公司，由曾為電影「猜火車」創作原聲帶音樂的電子樂團「Underworld」。利用互動多媒體技術，做廣告設計、電影、音樂、創意教學等，客戶遍及美國、日本、冰島和紐西蘭等。

鄭秀和
www.intentionallies.co.jp

Shuwa Tei，韓裔日籍設計師，設計領域橫跨建築、室內設計、家電產品等。1996年與遠藤治郎、大堀伸，共同成立intentionallies設計事務所。2002 年以建築概念與TOSHIBA合作推出atehaca家電系列設計，2003年推出設計家電amadana。並與wallpaper創辦人Tayler Brule共同推出Craft Design Technology文具系列。

Metropolitan × 曼谷

在曼谷住metropolitan才是王道

www.metropolitan.como.bz
Add：27 South Sathorn Road，Tungmahamek
Sathorn，Bangkok 10120 Thailand
Tel： 02-25410077

曼谷的時尚旅館中，Metropolitan才是王者！

曼谷絕對是亞洲最繽紛、最另類的城市！從琳瑯滿目的百貨商場、樣式獨特設計家具或廉價美味的酸辣美食……到曼谷享樂敗家，絕對不會像在東京那種高物價城市的有罪惡感或處處捉襟見肘，無論是最高級的、最時尚的、最邊緣的、最異色的，來曼谷都可以找得到，這裡溫軟柔綿的泰國女子總讓各國的男人為之傾倒，而性別無國界者也因曼谷的無邪友善彷若來到天堂，也難怪那些老外都愛死曼谷了！許多外商公司老闆總是在曼谷集結亞洲的員工來個開大會兼觀光旅遊，但真正讓曼谷在亞洲的城市地圖上「露臉」的原因，是因為在美學上的快速發展，而影響所及除了蓬勃的設計業、服裝業、娛樂業還有時尚旅人最愛的設計旅館。

這裡的設計旅館發展之快速，到了讓人傻眼的地步，也許今天媒體還爭相報導，到了明天就是落伍的舊貨，原以為已經走在潮流尖端、搶鮮體驗，沒想到沒多久又有人搞得更酷、更炫的，總之曼谷的旅館絕不讓你的荷包有喘息的空間，他們總是讓人不停的為它著魔！倘若你是為了這些漂亮的旅館而來，有一間可說是非住不可，因為它可是曼谷設計旅館的王道，那些後起之秀都無法撼動它的王者地位，這間不可不住的旅館就是鼎鼎大名的——Metropolitan！

禁得起時間焠鍊，有經典潛質的空間場域

Metropolitan有著英國血統，母集團COMO Hotels and Resort在倫敦有了

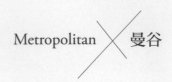

Metropolitan是曼谷設計旅館的王道，
其餘新蓋的旅館都無法憾動他的王者地位，
因為他不是一江春水向東流、潮來潮往型的時尚產物，
而是經得起時間焠鍊、有經典潛質的空間場域。

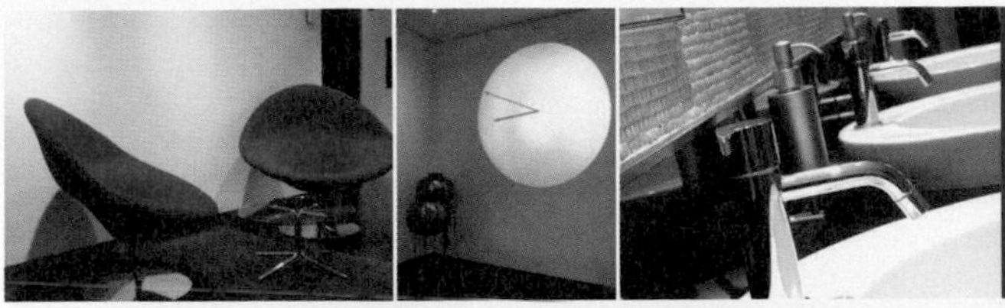

整體空間非常清朗，用柚木家具、泰絲等營造出帶有東方味的BOBO氣息。從mini bar裡的杯盤到書桌裡的文具，都可以看到Metropolitan精瘦簡約的棕色logo。

成功的經營經驗後，繼而由新加坡時尚名人康佩珠Christina Ong在曼谷將其發揚光大，俐落精鍊的風格中仍融合濃濃的東方風情。為何說它是曼谷設計旅館的王者？因為它不是一江春水向東流、潮來潮往型的時尚產物，而是禁得起時間焠鍊、有經典潛質的空間場域，雖然它販賣的當代風情訴求對象也是一些光鮮亮麗的媒體、娛樂工作者，但它並不矯情、很流暢，也不刻意要弄什麼，就是有一種散發自內在的「有型」stylish，這真是一種難以言喻的感覺！總之，就是要住過才知道！而那些陸陸續續新建起的旅館，可能複製了皮毛，但若無法得到精髓，很快就會變得乏味過時了！

從LOGO到房間都是潮流男女的夢幻逸品

打從踏入旅館Check in開始，我就不打算再出門，決定將自己在曼谷的一天全部交給Metropolitan。我住的房型是studio room，以約莫新台幣6000元的代價住進約四十二平方公尺的空間，我個人覺得非常的超值，這房間有點loft living的味道，整體空間非常清朗，用柚木家具、泰絲等營造出帶有東方味的BOBO氣息。房間的配備非常精緻，從mini bar裡的杯盤到書桌裡的文具，都可以看到Metropolitan精瘦簡約的棕色logo，這logo可說非常有設計感，低調而內蘊，是我住過若干旅館中最喜歡的設計，如果旅館集團願意跨界將logo授權，做成有Metropolitan氣息的巧克力、餅乾、咖啡或礦泉水，我想這會是性格生活的最佳詮釋，想必也會讓潮流男女心甘情願的買單吧！

使用的香氛及精油都是獨家研發而成，從沐浴淨身開始，Shambhala沐浴露的薄荷香氣一解我體內在曼谷多日積聚的悶熱，那是個讓人難以忘懷的味道，仿若將人從戈壁大沙漠帶入沁涼的溪水中。

在Metropolitan從SPA淨化開始樂活的一天！

住Metropolitan還有一個非體驗不可的是COMO Shambhala SPA，這是旅館集團開發的SPA品牌，所使用的香氛及精油都是獨家研發而成，從沐浴淨身開始，Shambhala沐浴露的薄荷香氣就一解我體內在曼谷多日積聚的悶熱，那是個讓人難以忘懷的味道，仿若將人從戈壁大沙漠帶入沁涼的溪水中，又或是從悶熱燥氣的都市叢林帶到寧靜涼爽的山野中，那是種醍醐灌頂的清涼，徹頭徹尾的，到現在那香氣仍深刻地印在我的腦子裡，也成了我對Metropolitan記憶中的味道！沐浴過後再到水療池或蒸烤室中加速身體的循環，最後再來到包廂，在滿盈馨香的精油與芳療師溫柔的按摩撫觸中，讓身體來一次淨化放鬆之旅。當然如果要健康個徹底，療程結束後可到旅館附設的GLOW餐廳，享受蔬食料理。每天早晨甚至還有免費附設的瑜伽課程，在專業老師的指引下活絡筋骨，總之Metropolitan的一切真是太樂活了！這裡的享樂完全不走奢華霸氣路線，而是要你細細品味生活之道。只是懶人如我，健身房已經是我永遠用不上的旅館設備，更遑論要早起去上瑜伽課，尤其房內的高級體重計不斷提醒著我要對泰國美食多所節制，但仗著還有那麼一點點的青春健康可以揮霍，減肥啦！養身啊！這類太有規矩的生活準則就先拋諸腦後吧！

在Cy'an餐廳的意外插曲

Metropolitan的夜晚非常迷人，位在泳池畔的Cy'an餐廳總是儷影雙雙，有許多打扮入時的男男女女在此享用地中海美食，極簡純白的空間在燭光

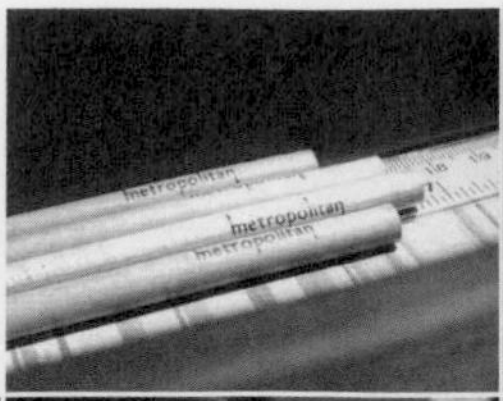

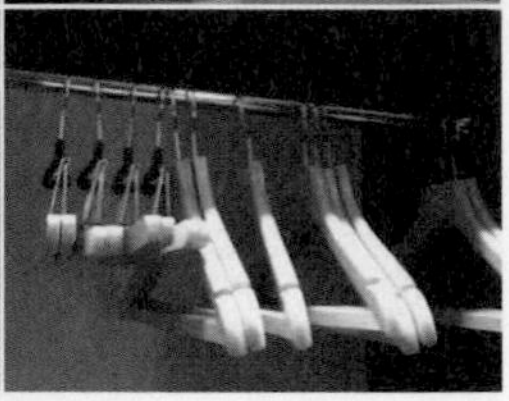

的映照下，真是浪漫到不行！只是到了早晨可就是截然不同的光景，翌日當我到Cy'an吃早餐，正享受那清朗舒爽的朝陽、吃得意猶未盡之時，鄰桌的日本老夫婦卻打斷了這份清悠——這對夫婦年紀很大但精神非常健朗，一看就是那種打拚奮鬥一輩子，然後到東南亞度假Long Stay的日本老夫婦。因為在Cy'an吃早餐的規矩是先點一份主餐，再到餐廳內的吧台隨性自取麵包、優格、水果等做搭配，但顯然這對老夫婦不瞭解這規矩，又看不懂英文menu，兩人七嘴八舌的討論好久，服務人員也來回解釋了許多次，但他倆仍無法決定要點哪樣做主餐，最後在老先生近乎「命令」的語氣下，老太太也才「順從」了老先生的意見，不過老太太可沒就此罷口，嘴裡仍不停地嘀咕著……老夫婦鬥嘴般的叨叨絮絮讓我想起家中父母每日的對話，那是一種喋喋不休的精神轟炸，剛開始還會直擾腦波、久了也慢慢習以為常，只是來Metropolitan不就是想要逃離生活中的重複與瑣碎嗎？但在如此時尚的旅館、如此摩登的餐廳，當我還沉醉在這般時髦生活氛圍的情緒裡時，眼前上演的一切卻將我拉回尋常百姓生活的真實，真實得足以令我頭皮發麻！我心裡不禁想問這對夫婦，曼谷度假飯店何其多，為何不去住半島或是東方文華，跑來跟我們這些年輕人湊熱鬧，真是何苦來哉啊！

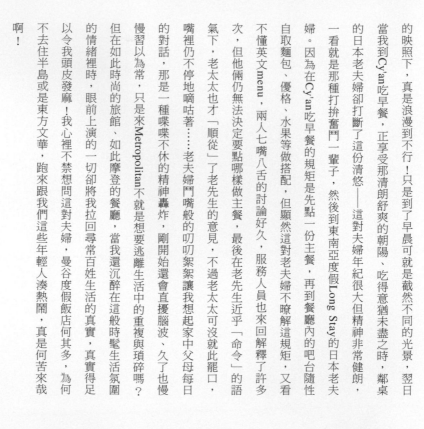

gossip

如果你在曼谷的時間並不匆促，強烈建議待在Metropolitan一天，哪都不去，好好享受旅館所有的服務與設備。

以下是我建議的一日行程：下午Check in－泡水療池或三溫暖烤箱－COMO Shambhala SPA－Cy'an晚餐或room service－在MET Bar喝一杯獨家特調的Tom Yumtini－香氛泡澡加一夜好眠－隔日先吃迎賓水果果腹－參加免費瑜伽課程－Glow或Cy'an早餐－游泳池泡水或日光浴－check out。

Metropolitan不定期推出住兩晚送一晚等套裝行程，非常物超所值。

Christina Ong
www.club21global.com

康佩珠，新加坡的時尚名人與富豪，其經營的Club21代理了 Armani、DKNY、Mulberry等知名品牌，同時在新加坡經營販售蘋果電腦相關產品的Ishop，是Apple在亞洲最大的代理商。除了時尚事業，她也將事業版圖擴及旅館休閒產業，經營COMO系列的旅館及SPA，在新加坡與倫敦的時尚圈，她可謂是舉足輕重的一號人物。

COMO Group
group.como.bz

由Christina Ong所領軍的旅館集團，包括都會風格的Metropolitan、COMO Foundation協助慈善及教育事業、COMO Shambhala開發SPA療程及香氛用品等，而梁朝偉與劉嘉玲舉辦婚禮的UMA PARO旅館即隸屬於該集團。

Hotel ONE × 台中

冷靜與熱情之間

www.hotelone.com.tw
Add：No.532,Ying-Tsai Rd,Taichung ,Taiwan R.O.C.
Tel：＋886 4 23031234

台中，既靠近又陌生的城市

台中，這個離台北不過兩個半小時車程的城市，除了精彩的傳統糕餅鋪、張牙舞爪的酒店和Motel、已夭折的古根漢美術館及伊東豐雄的台中歌劇院，我發現我對這個城市真的了解不多。實在也無法解釋這是怎樣的心態，有時決定去香港、東京都是如此快狠準，反倒去台中這件事倒是讓人猶豫半天，即便有親人住在台中，我卻從未好好欣賞這個城市，而適巧號稱時尚科技旅店Hotel One的開幕及TADA Center（台灣建築、設計與藝術展演中心）正舉辦Verner Panton的特展，給了我非去台中不可的理由！

以菁英階級為思考的旅店

Hotel One，這個旅店名字取得非常具有菁英意識、有點強取豪奪的味道，不若歐美一些時尚旅店如W Hotel、The Pure 等來得chic、來得柔軟，然而，如果你知道Hotel One是以台中科技園區的商務旅客為主要目標，以One為旅店命名也就恰如其分了。Hotel One是麗緻飯店系統中一個嶄新的品牌，當然這也是台灣飯店業教父嚴長壽的最新力作，強調時尚、年輕、都會、科技，不過選擇在國際化及時尚產業都未臻成熟的台中落腳，加上台幣九千元起跳的高貴的房價，我著實有點懷疑Hotel One的贏面到底有多少？

旅店成為台中新地標

矗立在英才路上的Hotel One，樓高46層，是台中市最高的建築物，雄踞

沒有什麼特別的計畫，
我只想給自己一晚漂亮的房間，
我以一個旅店做為認識一個城市的起點，
我想Hotel One應該會讓我看到不一樣的台中……

旅店的lobby並不算太大，簡潔的空間中流瀉著慵懶的lounge音樂，在進入電梯前會經過一個感應式科技壁飾。或許是因為科技與商務是旅店的著力點，房內許多家飾都是有稜有角、光可鑑人，讓人覺得很德國、很包浩斯。

Hotel One是麗緻飯店系統中一個嶄新的品牌，當然這也是台灣飯店業教父嚴長壽的最新力作，強調時尚、年輕、都會、科技。

其中，顯得霸氣十足。整棟建築以玻璃帷幕包覆，是由在高樓建築居領導地位、設計過東京六本木大樓（ROPPONGI HILLS）及即將落成的上海環球金融中心（SHANGHAI HILLS）的美國KPF ASSOCIATES團隊所設計，KPF可說是世界首屈一指的建築師事務所，在世界各大城市都可看到KPF簡潔、俐落、現代感十足的建築作品，而Hotel One延續著這樣的風格，在台中的新都心顯得耀眼奪目。

既然是台中第一高樓，擁有毫無阻礙的高樓景致，在房型的選擇上自然該大方些，因此我毫不猶豫地訂下Corner Studio，想好好欣賞台中這個既熟悉又陌生的城市。在一個寒冷的週末午後，我透過網路訂下房間後，包包一背就這麼坐車下台中了！沒有什麼特別的計畫，只想給自己一晚漂亮的房間、看一個令人興奮的展覽，我以一個旅店做為認識一個城市的起點，我想Hotel One應該會讓我看到不同的城市光景。

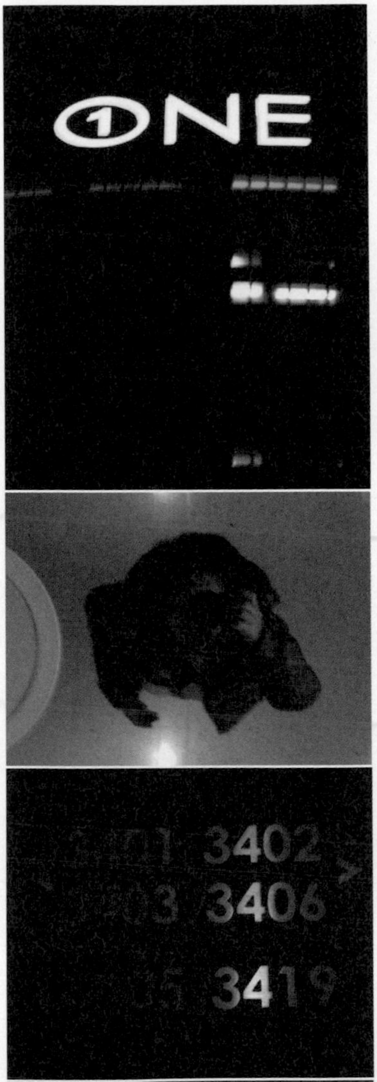

Hotel One，這個旅店名字取得非常具有菁英意識，然而，如果你知道Hotel One是以台中科技園區的商務旅客為主要目標，以One為旅店命名也就恰如其分了。

既然主訴求是在商務客，當然要有一個功能強大又便利的工作檯，將書桌、音響視聽設備、辦公文具、Mini Bar全部結合在一起，變成一條帶狀工作線。

高科技的生活機能

因為我延遲了Check in 的時間，所以特別打電話到櫃檯請他們保留房間，當我風塵僕僕地抵達旅店大廳，服務人員毫不猶豫地喊出我的姓名，讓我著實感到驚喜，也感受到服務的體貼入微。相對於Hotel One擁有202客房來說，旅店的lobby並不算太大，簡潔的空間中流瀉著慵懶的lounge音樂，在進入電梯前會經過一個感應式科技壁飾，只要旅客經過就會發出清脆的鳥鳴聲，彷彿歡迎入住的旅人，我在英挺高大的服務人員引領下直接入房辦check in，他詳細地解說房內一切的設備，或許是因為科技與商務是旅店的著力點，房內許多家飾都是有稜有角、光可鑑人，讓人覺得很德國、很包浩斯，這與部分時尚旅店強調有機、流動的氛圍大相逕庭，而橘色系的裝飾卻又沖淡不少那方正、冷峻的味道，木質紋理的櫥櫃則讓空間變得沉穩而內斂。既然主訴求是在商務客，當然要有一個功能強大又便利的工作檯，於是嚴總裁首創了Workstation的概念，將書桌、音響視聽設備、辦公文具、Mini Bar全部結合在一起，變成一條帶狀工作線，你可以坐在人體工學椅上一邊打電腦上網、一邊聽ipod，沒靈感時看看37吋的液晶電視，肚子餓時只要椅子輕輕一滑，零食飲料馬上隨手可及……你的企劃案或合約也可以用雷射印表機火速印出，一張桌子全部搞定，無懈可擊！雖然這樣的設計完全衝著商務客而來，但我倒覺得這根本就是「宅男」的生活寫照——一個美好的角落、一個完全屬於自己的3C世界、一個吃喝方便的配備，然後就足以消磨一整天的時光……但，忽然間我覺得現代人好悲哀，所有的娛樂與便利都要憑藉在硬體設施上，今晚我的快樂可

這樣的設計完全衝著商務客而來——一個美好的角落、一個完全屬於自己的3C世界、一個吃喝方便的配備，然後就足以消磨一整天的時光……

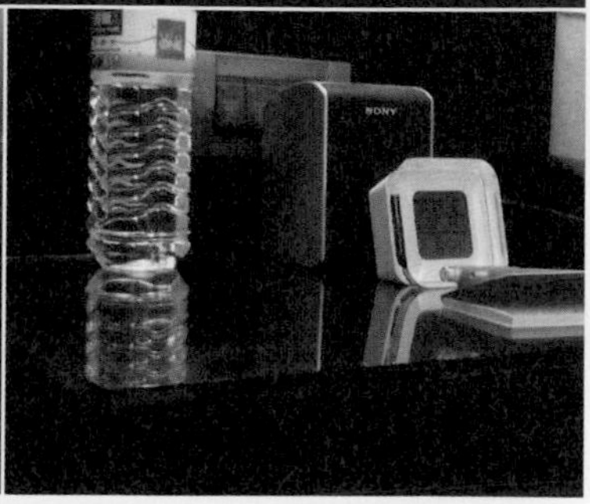

在這個內斂制約的商務時尚旅店，卻有著穿著橘色系制服的熱情員工，其實是滿衝突的，在一冷、一熱之間，旅店的性格也變得模糊。

不想依賴在這些高科技的配備上，獨處的寧靜與窗外的迷濛夜色才是最大的奢侈，既然是為了逃避而來，我更不想還帶著電腦來提醒我工作的事！不過在這以左腦的思維而設計的旅店，我卻用右腦的感性來體驗，某個角度來說，我應該也算是個「奧客」吧！

Hotel One的浴室則是一個給我驚喜的地方，這大概是我入住過這麼多精品旅店以來最令我激賞的了，動線流暢、空間寬廣，洗手台與梳妝台的功能合而為一，而浴室內獨立的Hannspree電視，則讓有資訊焦慮症、娛樂匱乏症的現代人連洗澡時都不會錯失任何新聞訊息或娛樂節目，當然最大的享受是一邊泡澡、一邊欣賞窗外的無敵美景，那種居高臨下、睥睨一切的感覺真是只能用爽快二字來形容。

服務人員也是一道美好的風景

旅店的服務人員也是一道美好的風景，因為嚴大總裁為Hotel One定調為年輕、時尚，所以外型、活力都成為篩選服務人員的條件，當初嚴長壽親自與工作人員應徵面談，可也在台中城引起不小的話題。旅店的服務人員真的都很年輕，有的活潑、有的生澀，有的則很優雅，像極了要去走秀的名模，從我一踏入旅店check in開始，這些面貌姣好、元氣十足的服務人員，成為我好奇窺探的對象，我欣賞著他們的花樣年華，也羨慕他們的青春無敵，當我步出房間時，忽然聽到一些竊竊私語的人聲，原來是旅店的服務人員正在走廊上準備蛋糕，想要給住在隔壁房剛好當天生日的旅客一

個驚喜，看他們躡手躡腳及興奮的表情，讓我回想起當年讀大學時幫同學過生日的青春浪漫……在這個內斂制約的商務時尚旅店，卻有著穿著橘色系制服的熱情員工，其實是滿衝突的，在一冷、一熱之間，旅店的性格也變得模糊。

透過旅店之窗 嶄新的城市視野

我在Hotel One的一天，享受獨處的靜謐，我刻意將房內兩面窗簾全部拉開，從夜晚到清晨、從旭日東昇到日正當中，躺在大床上臨著窗欣賞天空的雲影變化，因為工作積壓的陰鬱心情頓時開闊不少，這一晚的叛逃果然值得，而從Hotel One看台中，我看到的是一個既有活力又精緻的城市風貌，比起一些大城市的銅臭味與緊張感，台中顯得更樂活、更自在。而離開前，我特地在旅店的服務問卷寫下對旅店的評語：「Tough furniture，but soft service. That's cool！」

10550

台北市南京東路四段25號11樓

大塊文化出版股份有限公司 收

地址：

市 鄉／鎮 路 段 巷 弄 號 樓

縣 市／區 街

(請寫郵遞區號)

廣告回信
台灣北區郵政管理局登記證
北台字第10227號

大塊文化 LOCUS **讀者服務卡**

謝謝您購買本書！
如果您願意收到大塊最新書訊及特惠電子報：
— 請直接上大塊網站 **locus**publishing.com 加入會員，免去郵寄的麻煩！
— 如果您不方便上網，請填寫下表，亦可不定期收到大塊書訊及特價優惠！
請郵寄或傳眞 +886-2-2545-3927。
— 如果您已是大塊會員，除了變更會員資料外，即不需回函。
— 讀者服務專線：0800-322220；email: locus@locuspublishing.com

姓名：＿＿＿＿＿＿＿＿＿＿＿＿＿＿ **性別**：□男 □女

出生日期：＿＿＿年＿＿＿月＿＿＿日 **聯絡電話**：＿＿＿＿＿＿＿＿

E-mail：＿＿＿＿＿＿＿＿＿＿＿＿＿＿＿＿＿＿＿＿＿＿

您所購買的書名：＿＿＿＿＿＿＿＿＿＿＿＿＿＿＿＿＿＿

從何處得知本書：1.□書店 2.□網路 3.□大塊電子報 4.□報紙 5.□雜誌
6.□電視 7.□他人推薦 8.□廣播 9.□其他

您對本書的評價：
(請填代號 1.非常滿意 2.滿意 3.普通 4.不滿意 5.非常不滿意)
書名＿＿＿ 内容＿＿＿ 封面設計＿＿＿ 版面編排＿＿＿ 紙張質感＿＿＿

對我們的建議：＿＿＿＿＿＿＿＿＿＿＿＿＿＿＿＿＿＿

gossip

無論你住Hotel One的何種房型，都會擁有37吋平面電視及5.1立體環繞音響，所以請記得帶一片電影DVD，讓房間化身為聲光效果十足的家庭劇院，當然用這套配備看美國職棒大賽也超有立體感。而浴室的Hannspree電視讓你沐浴或如廁都不會錯過王建民的二振！

如果預算許可，請住景緻客房 Corner Studio，如此才可擁有超廣角的台中夜景。

麗緻系統的法式餐廳，水準都令人放心，所以想奢華一點可到46F 的頂餐廳享受一套法式料理，不但價格高貴不貴，還坐擁城市高空美景。早餐則是在28F的餐廳，餐點超級豐盛，麵包超好吃，還有開放式廚房可欣賞到廚師俐落的身影。

KPF ASSOCIATES
www.kpf.com

Kohn Pedersen Fox Architects，世界知名建築事務所，建築設計風格摩登簡約，參與世界許多城市的大型建案，包括上海環球金融中心、首爾Rodin Musum、阿姆斯特丹WTC、香港九龍 ICC、倫敦Heron Tower、紐約水牛城機場、IBM總部等，其中東京的六本木大樓，更奠定了KPF成為全球頂尖建築團隊的地位。

旅館人生 之一

咖啡因

一個人在旅館
我總要來上一杯焦黑灼苦的熱咖啡
那是尋常人生偶一為之的溫存
也是麻木人生中唯一的清醒
我要咖啡因來刺激我彈性疲乏的身心
在頹靡的時刻
眾人皆醉我獨醒……

PART 02

電幻・狂野

我想大多數人的房間應該跟我一樣，不外乎是一面白牆、一方木門、簡單的櫥櫃與床具，就是像IKEA型錄裡頭的照片那般，甚至可能要比照片中陳設還要遜很多……
我們或許可以甘於平淡、無聊的生活樣態，但又何妨偶爾來給自己刺激一下，有時瘋狂一點、放浪一點，平凡的人生才會顯得更有滋有味，而住在這些電幻、狂野的旅館之中，它們或魅惑、或性感、或誇張，總之，它就是要你high、要你壞，要你瘋狂一整晚，讓你遲鈍退化的感官重新啟動。

Scarlet ╳ 新加坡

性感魅惑的浮華世界

www.thescarlethotel.com
Add：33 Erskine Road Singapore 069333
Tel：＋ 65 6235-2948

Scarlet充滿慾望的氣味

若要說新加坡最性感的旅店，當數Scarlet莫屬了！然在這個循規蹈矩、行禮如儀的城市，居然有家旅店毫不矯飾的以scarlet（深紅色，同時也有淫蕩之意）為名，尚未入住，我的感官已被挑起！

Scarlet 以妖豔的姿態、魅惑的氣質矗立在牛車水的Erskine Rd.，白天像孤傲頹廢的貴族，晚上像搔首弄姿的蕩婦，行經於此，你都會被Scarlet張力十足的建築外觀所吸引。旅店的建築綿延在緩坡上，以紅、黑、金等顏色為基調，堆砌出慾望的氣味，彷彿宣示著放縱逸樂、至死方休。實在很難想像這間千嬌百媚的旅店是由數間建於1924年的店屋所改建而成，不同於Hotel1929濃濃的歷史刻痕，Scarlet並不刻意強調建築本身的歷史，而是利用建築結構及裝飾營造出嶄新的風韻，但正如同將一個風燭殘年的老婦回春為美豔少婦，這樣的改建並不便宜，足足花了旅店東主Geeson Lawadinata 三千五百萬美金，Scarlet也因此徹底的改頭換面，變身為揉雜殖民色彩、裝飾主義、維多利亞風格等元素的精品旅店。

從水晶吊燈到玻璃水杯，全都性感到不行！

Scarlet的驚艷從door man開始，或許是刻意篩選，旅店的doorman長得又高又酷，穿著如公爵般的深色斗篷，站在門前顯得氣勢十足，讓我怎樣都無法把視線移開。旅店在有限的lobby空間中營造奢華，運用水晶、皮革、絲絨等素材，將空間妝點出浪漫成熟的味道，從二樓垂墜而下的水晶吊燈，閃耀地魅惑著每個旅客的視覺，頓時覺得自己輕便的穿著完全不符合

Scarlet 以妖豔的姿態、魅惑的氣質，
矗立在牛車水的Erskine Rd.，
白天像孤傲頹廢的貴族，
晚上像搔首弄姿的蕩婦，
在Scarlet的一晚，像是經過一夜激情……

Scarlet

Scarlet 的氣質，實在應該把衣櫥裡那些性感成熟的小洋裝穿出來，好相襯旅店的綽約風姿。

正所謂細節可以反映全貌，我向來對旅店房間內的小物件充滿好奇，因為一個物件總可加強對空間、環境、氛圍的感受，也可看出旅店經營者的細膩心思，Scarlet在細節處就給我許多豐富的感受。我所入住的deluxe room，雖然空間不大但卻有閣樓式的挑高，房內的衛浴設備延續著裝飾主義的元素，從水龍頭到蓮蓬頭都洋溢著古典風情；而骨瓷咖啡杯、玻璃水杯、點心盅到鑲嵌著鏡子的衣櫃，全都性感到不行，當我啜飲著顏色紅豔的迎賓飲料，頓時覺得自己跌入歌劇魅影的世界，果然非常的dramatic！

旅店的建築綿延在緩坡上，以紅、黑、金等顏色為基調，堆砌出慾望的氣味，彷彿宣示著放縱逸樂、至死方休。

旅店在有限的lobby空間中營造奢華，運用水晶、皮革、絲絨等素材，將空間妝點出浪漫成熟的味道，從二樓垂墜而下的水晶吊燈，閃耀的魅惑著每個旅客的視覺。

連菜單都要耍性感！

延續著旅店空間與裝飾的奢華性感，Scarlet也大玩文字遊戲，在命名上將旅店的五間套房分別命名為Splendour、Opulent、Swank、Lavish、Passion，配合不同的語彙而有不同的裝潢陳設。餐廳名為Desire（慾望），以一雙性感紅唇做為標誌，用絲絨包覆的座椅、紗質窗簾及線條優雅的骨瓷杯盤等……營造成熟性感的風韻；以Breeze為名的天台燒烤吧、酒吧名為Bold、露天按摩浴池命名為Soda、健身房為Flaunt，最有趣的莫過於room service的menu，從主菜到甜品全是與兩性雙關的命名，如：「Sexy Salsa」、「Sleeping Partners」、「Silk Stockings」、「Show Me Some Leg」、「Spice Me Up」、「Embrace Me」、「Pillow Talk」、「Eros」……，親密關係總是人類的渴望，但若無法盡如人意時就靠食物來完成吧！

餐廳名為Desire（慾望），以一雙性感紅唇做為標誌，用絲絨包覆的座椅、紗質窗簾及線條優雅的骨瓷杯盤等……營造成熟性感的風韻。

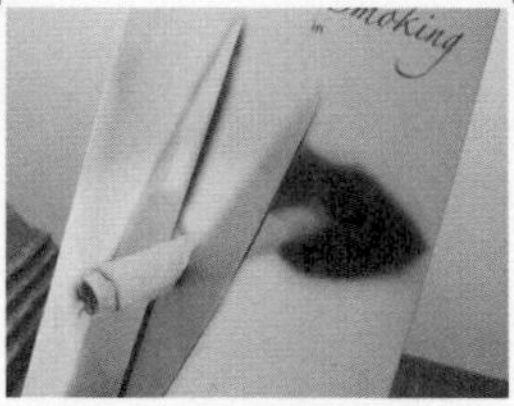

在Scarlet的一晚 像是One Night Stand…

正如旅店的設計者Michael Tan所說，Scarlet像個活潑不受拘束的女人，叫人念念不忘。在Scarlet的一晚，像是經過一夜激情，激情過後總是要分道揚鑣，畢竟現實生活中，我的生活空間不可能充斥著水晶、絲絨或是濃艷的色彩，告別了浮華世界，我又成為那芸芸眾生，但那一夜良宵依然讓人永難忘懷。

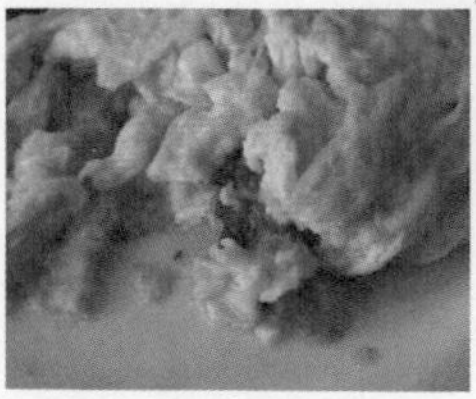

gossip

住Scarlet，請務必帶件性感小洋裝或帥氣西裝，晚上到旅店的Bold酒吧喝點小酒，好融入Scarlet性感的氛圍裡。

而Scarlet旁邊的Club Street小路上有許多設計小店、個性服飾店、酒吧或特色咖啡館，附近還有一棟由舊建築改建而成設計博物館red dot design museum，也非常值得一逛。去這些地方走走，可在旅館周邊充分感受到新加坡老城區與當代創意迸發出的生活火花。

Michael Tan
www.grace-int.com

The Scarlet隸屬於Grace International，而Michael Tan為該公司的Group Concept Director，他在美國及新加坡有豐富而完整的旅館經營歷程，加入Grace後，以嶄新的概念與炫爛的才華，協助公司創立The Scarlet，目前Grace仍持續在亞太地區尋覓創立新旅館的地點，或許未來還可能在新加坡以外的城市看到Michael Tan的作品。

Flair
www.flair.sg

Flair是The Scarlet Hotel的所選用的生活品牌，住在The Scarlet所使用的皮革製品、香氛沐浴等，都可在旅館旁flair的專賣店買到，讓旅客帶回這些風格獨具的生活家飾，營造專屬於自己的Scarlet生活。

DREAM Hotel × 曼谷

冰藍性感系

www.dreambkk.com
Add：10 Sukhumvit Soi 15,Klongtoey Nua,Wattana,Bangkok
Tel：+852 3736-8899

狂野的藍，性感的藍

在人類對藍色描述的字彙裡，始終有著正氣凜然、天寬地闊及度假放鬆的感受，蔚藍、水藍、天空藍、土耳其藍、粉藍……在我的感知神經裡，藍色永遠是清新的、活力的，是陽光男孩的感覺！但住過曼谷的DREAM Hotel之後，我才明白藍色居然也可以狂野、可以性感、可以幽微，那是屬於冰冷調性的藍，原來色彩遇上了旅館也可以有這樣破格的詮釋。

印度貴公子Vikram Chatwal的夢幻旅館

營造這一切的，是曾經在紐約贏得Lighting Academy award winner的設計師Michael Joannidis，他利用藍光創造出旅館迷濛、野性之感，讓一切就如同在夢中般的魅惑而不真實。嚴格說來，曼谷的DREAM Hotel不能算新鮮，它是精品旅館大亨Vikram Chatwal在紐約DREAM Hotel經營有成後在亞洲的分店，曼谷的DREAM幾乎承襲了紐約本店的基本元素及架構，不過，如果你知道要住紐約的DREAM，最基本的房型幾乎快要300 美金，相較曼谷的近距離及幾乎是紐約三分之一的房價，它開幕的消息依然讓旅館迷們非常興奮！

要認識DREAM一定要認識這間旅館的老闆Vikram Chatwal，這位印度帥哥擁有多重身分，Hotelier、Vogue 雜誌model、戲劇演員、花花公子等，他可是含著金湯匙出身的天之驕子，當年他以不到30歲的年輕之姿開創了他的精品旅館事業，包括DREAM Hotel、The Time及哥德風格的Night

像DREAM這樣的hotel，
目標絕對不止是單純的提供住宿的功能性而已，
它是時尚男女的交誼廳、曠男怨女的獵艷場、
宅男宅女冒險的探奇地，
總之，一定又夠cool、夠seduction。

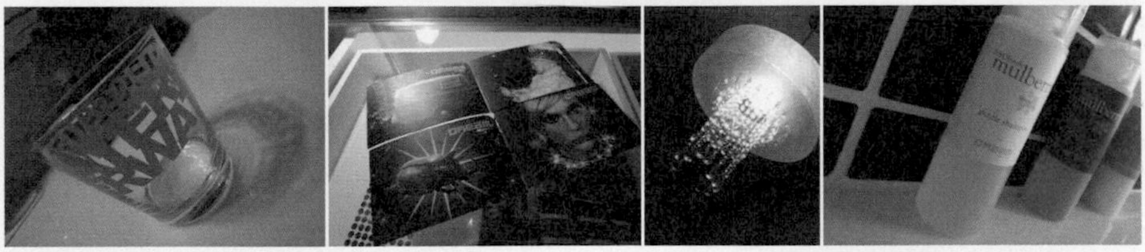

Hotel，以他這樣的年紀與背景，可以想見他所建立的旅館一定如同他的演藝事業及花邊新聞一般的繽紛燦爛、奢華頹靡。因此像DREAM這樣的hotel，它的目標絕對不止是單純的提供住宿的功能性而已，它是時尚男女的交誼廳、曠男怨女的獵艷場、宅男宅女冒險的探奇地，總之，一定夠cool、又夠seduction。

Lobby是奢華的藍色宮殿，房間是神祕的極地冰藍

其實DREAM的房間有兩種面貌，白天的時候，只有白、灰、藍三色構成的房間，在陽光的穿透下，看來像是溫柔的清秀佳人；但一到了夜晚，房內的藍光照明在精密的設計下，就成了神祕的冰山美人，性感、爆發力十足，在這樣的氣氛下，非常適合放一些chill out的音樂、啜飲著香檳，放大自己的感官神經，讓自己徹底沉浸在如極地般的藍色光譜裡。而DREAM的lobby則是旅館最戲劇化的空間，金光閃閃的泰國佛塔、馬賽克拼貼、如Paul Smith條紋般的藍色沙發、深藍銀河系地毯、華麗風格的復古家具……所有不同的元素揉雜在一起，造就一個bling bling的奢華藍色宮殿，DREAM可以把藍色玩得這麼野、這麼辣，也算是精品旅館的另一種極致吧！

Flava Bar狂野奔放、視覺滿溢

DREAM二樓的Flava則是曼谷時尚男女的新熱點，因為旅店位在曼谷夜店的一級戰區，加上DREAM老闆本身與時尚圈、演藝圈的淵源，所以

曼谷的DREAM幾乎承襲了紐約本店的基本元素及架構，不過，如果你知道要住紐約的DREAM，最基本的房型幾乎快要300 美金，相較曼谷的近距離及幾乎是紐約三分之一的房價，它開幕的消息依然讓旅館迷們非常興奮！

DREAM的LOBBY則是旅館最戲劇化的空間，金光閃閃的泰國佛塔、馬賽克拼貼、如Paul Smith條紋般的藍色沙發、深藍銀河系地毯、華麗風格的復古傢俱……所有不同的元素雜揉在一起，造就一個bling bling的奢華藍色宮殿。

Flava一開幕就有許多時尚雜誌的爭相報導。這裡分兩個區域，一邊是餐廳、一邊是lounge bar，餐廳的設計風格中規中矩，沒有讓我有太驚喜之感，倒是餐點令我印象深刻，因為價位超乎尋常的便宜，兩道菜加上一杯House Wine不到泰幣1000元，如此親民的價格，又怎能有藉口把自己關在房間當宅女，總要把自己打扮美美的到Flava當一下花蝴蝶，喝杯酒好讓自己別太清醒，讓自己迷醉也才符合旅館的夢幻氣息。Flava另一邊的lounge bar則是狂野奔放、視覺滿溢，從頂端一直鋪到地板的Paul Smith彩色條紋地毯，就已經搶眼得讓視覺無法轉移，外加兩隻雄踞在lounge區的彩色大花豹，彷彿說著別再道貌岸然了、別受禮教束縛了，呼喊出內心的獸性，狂野一世吧！不過，我倒是沒看到來此尋找春天的派對動物，bar裡的客人大部分是屬於西裝筆挺、教養良好的商務型的客人，當然，也可能是時間不夠晚，或許要將近午夜時分、酒興盎然之時，這些曠男怨女們才會獸性大發、來此獵豔吧！

像DREAM這樣的hotel，它的目標絕對不止是單純的提供住宿的功能性而已，它是時尚男女的交誼廳、曠男怨女的獵艷場，一切都有可能。

DREAM Hotel將拓展成跨國的夢幻集團

繼DREAM Bangkok之後，旅館在對面開設了DREAM2，整體的設計沒有不同之處，倒是在頂樓多了個游泳池、及可以喝酒小憩的pool bar，讓旅館的夢幻氣息更趨完整。雖然DREAM是個又hip又sexy的旅館，但某種層面來說，旅館的經營者還是很務實的，並不會為了討好時尚族群而弄得太驚世駭俗，畢竟禁得起時間考驗才是旅館長久經營之道，時尚男女與媒體總是一窩蜂，今天還飽受寵愛、明天就打入冷宮，為了不讓DREAM成為有賞味期限的旅館，Vikram Chatwal不斷擴充他的DREAM事業，包括在紐約開設Dream Downtown、邁阿密的Dream South Beach、還有在印度各大城市未來也都會有Dream Hotel，誰說漂亮的人沒腦子，至少Vikram Chatwal的企圖心是不言可喻的。

gossip

住在Dream Hotel，務必要到二樓Flava餐廳喝杯小酒或吃點泰、西混合料理，因為餐廳裡的狂野花豹可是旅館的註冊商標，沒在此拍張照片就好像沒來住過一樣！餐廳的服務人員都長得既高挑又有型，看這些漂亮正妹也頗賞心悅目。
到藍光泳池旁的pool bar點杯調酒，也是一定要的。
記得帶張迷幻電音的CD，藉著音樂的流洩，讓自己沉醉於冰藍性感房間的性感氛圍裡。

Vikram Chatwal
www.vikramchatwalhotels.com

旅館大亨Sant Singh Chatwal的兒子，他是紐約曼哈頓的帥氣、多金又多情的公子哥，但同時又頗具生意頭腦，在父親的旅館集團Hampshire Hotels &Resorts之下又另創立Vikram Chatwal Hotels系統，以時尚風格、放縱享樂為經營主軸。

The Luxe Manor ╳ 香港

風騷魔幻的超現實旅店

www.theluxemanor.com
Add：39 kimberley road, tsim sha tsui, HK
Tel：+852 3736-8899

放縱乖張、瘋狂詭譎的超現實空間

當20世紀的藝壇末為超現實主義的兩大宗師高第與達利的建築與畫作而震懾時，他們帶給人類的影響是深遠而全面的；到了電腦繪圖軟體、新材料運用自如的21世紀，超現實主義的工法更能輕鬆實現，以至於平面繪圖、建築、室內設計、工業設計等，都能更輕易的塑造此等魔幻風格……也因此，當以超現實主義為設計核心的精品旅館——帝樂文娜公館The Luxe Manor誕生時，就受到大家的萬眾矚目。

The Luxe Manor位於九龍尖沙咀的金巴利道，這裡可說是香港酒店的一級戰區，在老字號酒店環伺的情形下，The Luxe Manor以特殊的設計風格來爭取不同的客源，旅店的設計者是來自英國的設計師 David Buffery，在香港設計過許多精彩的時尚餐廳，包括FINDS、LOTUS、MINT私人會所等，但弔詭的是，他同時也是大型連鎖飯店的設計老手，曾經與喜來登、希爾頓……集團合作，其作品遍及世界各地，可說是英國的旅店設計大師，但一個長期與國際連鎖飯店合作的設計師，究竟會有多少HIP的設計及破格的勇氣，真的令我至為好奇？如果The Luxe Manor的空間設計是放縱乖張的、是瘋狂詭譎的，那我深信David Buffery肯定是「玩」得大呼過癮，畢竟乖乖牌終於可以撒野了！

其實The Luxe Manor的建築非常古典優雅，宛如歐式古宅，但一踏入大門，各種異元素的家具與裝飾，完全佔滿了我的視線，看似紊亂卻又

純粹以個人觀點而言，
The Luxe Manor給我的感覺太多、太騷也太花俏了，
在less is more當道的美學風潮下，
與那些禪味十足、包浩斯味十足、極簡味十足的旅店比較起來，
The Luxe Manor可說是偶一為之的放縱吧！

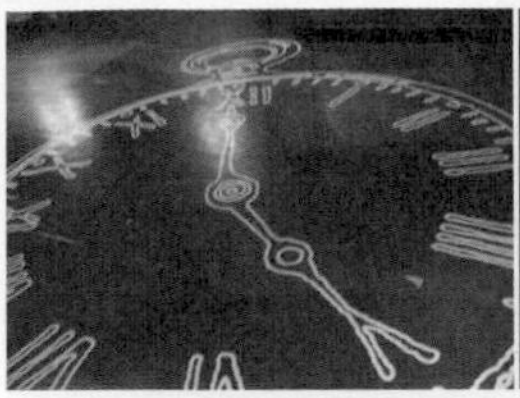

印在壁紙上的虛擬畫框，這古典畫框可說是貫穿旅店整體設計的圖騰，直覺讓我聯想到達利Salvdor Dali舉世聞名的畫作「超現實公寓」

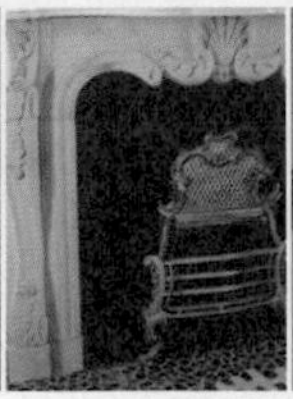

調和——雕花細膩的木門、劇院味十足的大堂櫃檯、ERO椅與包覆著老夫子圖案的古典座椅，再加上電梯入口處的鏡面設計，像是來到了一個既典雅又魔幻的世界。據旅館lobby設計者Jacky Wong的說法這是「現實和超現實世界的橋樑」，而大廳地板上的大時鐘與指南針圖案是由香港的kactusDESIGN所設計，毫無疑問的這是向超現實大師達利Salvdor Dali「柔軟的鐘錶」（Soft Watches）致敬之作，象徵著「扭曲的時間與空間」，或許這時鐘也隱喻著在The Luxe Manor的一夜激情都要爭分奪秒，只要你夠投入，那一晚的長度也足以比擬一世紀吧！

虛擬畫框在現實與超現實中交錯

房間的陳設可說是我住過的諸多旅店中，視覺焦點最無法集中的空間，因為所有的陳設都太搶眼，以致我無法聚焦於一處。動線的規劃還是一般傳統旅館的模式，並無特別之處，但在結構簡單的空間中，用古典形式的家具搭配出華麗風格，其中最搶眼的當屬鑲嵌在古典畫框中的平面電視，還有印在壁紙上的虛擬畫框，這古典畫框可說是貫穿旅店整體設計的圖騰，直覺讓我聯想到達利Salvdor Dali舉世聞名的畫作「超現實公寓」（Face of Mae West）中那如雙眸般的掛畫，本來畫框應該是侷限規範的物件，但在此卻承載無限的想像，而看似複雜紛陳的空間，也因此有了統一的語彙。房內的壁爐與古典床框，皆用電腦輸出的方式仿製而成，這樣的手法倒是非常新穎大膽。而往往會讓人忽略的垃圾桶，在The Luxe Manor變成極搶眼的裝飾，因為旅店選用的是丹麥品牌essey所出品的Bin Bin 紙

一個空間混合了coffe shop、lounge等多種風格，畢其功於一役，雖說極具創意，但也不得不說設計者真的也太貪心了。

簍，這是由設計大師John Brauer所設計，紙簍線條如同被捏揉的紙團，一如它所要承載的物品，充滿想像及趣味。

Aspasia餐廳設計風格四合一

在The Luxe Manor的夜晚絕對不會無聊，因為緊鄰於旅店身後的是九龍知名夜店區——諾士佛階，沿著旅店旁拾階而上，盡是充滿異國風味及時尚氣息的酒吧及餐廳，飲食男女在此尋歡享樂，那今朝有酒今朝醉的逸樂氣氛也頗讓人迷戀。而旅店附設的Aspasia餐廳，亦提供高檔精緻的義大利美食，空間規劃非常特別，或許是因為考量旅店沒有這麼多空間經營不同的餐飲型態，所以設計師乾脆運用屏風等陳設將餐廳分成不同的區域，呈現不同風格：「Conservatory」位於餐廳玻璃窗旁，白天在此用餐可沉浸於窗外灑落的陽光，而配合這暖洋洋的慵懶氛圍，特別選搭從國外進口的舊椅子；「Study」則是一個安靜閒逸的角落，適合下午茶時在此靜靜的翻閱書籍及品嚐點心；「Bar」時髦而尊貴，以豪華酒櫃做為襯底，有菁英階級的意識；「Parlour」是鋪滿天鵝絨之大廳，古典而優雅。一個空間混合了coffe shop、lounge等多種風格，畢其功於一役，雖說極具創意，但也不得不說設計者真的也太貪心了，但還好四種元素交融得很smooth，不然就會變成一個超級大雜燴！

旅店的設計者是來自英國的設計師 David Buffery，其作品遍及世界各地，可說是英國的旅店設計大師，但一個長期與國際連鎖飯店合作的設計師，在The Luxe Manor的空間設計是放縱乖張的。我深信David Buffery肯定是「玩」得大呼過癮，畢竟乖乖牌終於可以撒野了！

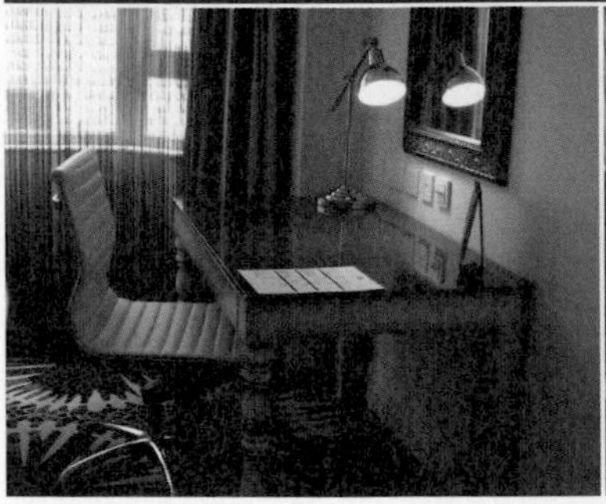
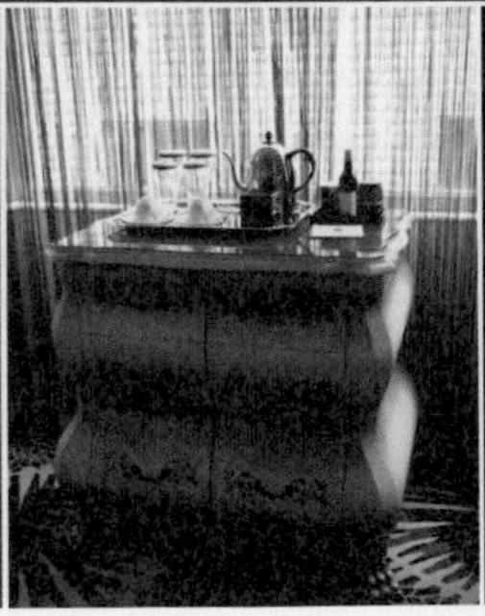
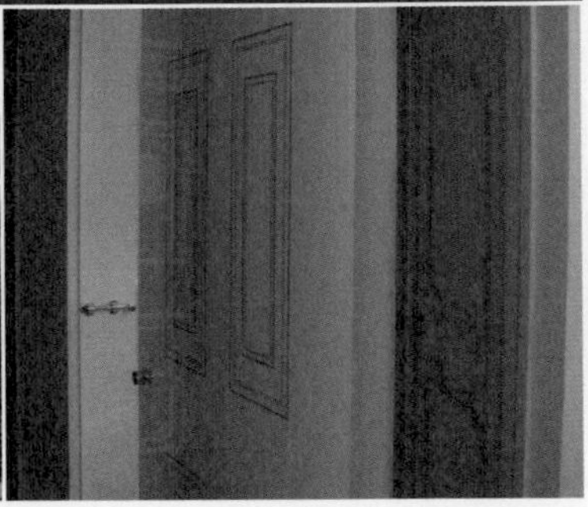

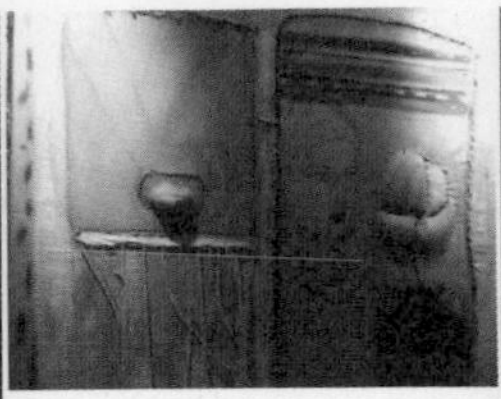

Too Much and Too Crazy⋯

其實，若純粹以個人觀點而言，我覺得The Luxe Manor給我的感覺有些太多、太騷也太花稍了。我血液裡對美學的認知上，簡約是最重要的原則，在less is more當道的美學風潮下，The Luxe Manor與那些禪味十足、包浩斯味十足、極簡味十足的旅店比較起來，可說是偶一為之的放縱吧！誠如達利自己所說的，藝術不提供任何的作用，他自己也迷戀著沒有明確用途的事物……如此說來，管他視覺元素如何複雜，The Luxe Manor那狂放的華麗空間，就是要刺激你們的感官一整晚！

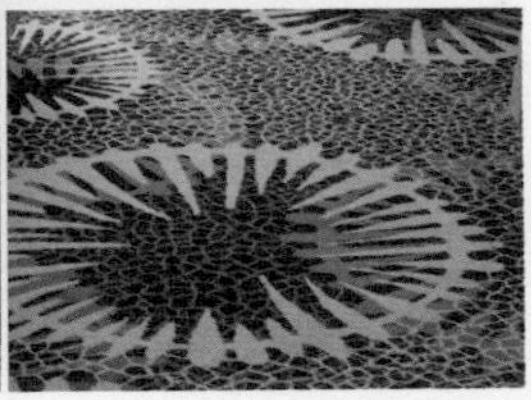

gossip

入住帝樂文娜公館，傍晚時刻，旅店的服務人員會特別送上小點心讓旅客佐茶或咖啡，服務頗為貼心。房內鑲嵌在古典畫框中的漂亮電視，還可用來上網及使用互動娛樂資訊系統，但這項服務需額外收費，如果口袋夠深，就花點錢來玩玩這項服務！

旅館提供Continetal Breakfast極簡型早餐，如果你是透過特惠價格訂房，而不含早餐在內，也無須太過遺憾。香港旅館的房價，隨著淡旺季或大型商展的舉辦而波動，往往差個幾天，就有很大的價差，在入住前都要花些時間做功課，才能以最優惠的價格入住。透過ABC訂房中心、Hotel Club國際訂房中心等網站都可以快速方便地訂到價格合宜的旅館。

David Buffery

英國知名室內設計師，曾為香港凱達柏濤設計公司（Aedas Ltd.）設計總監。設計過許多旅館及香港知名時尚餐廳。包括鄭州希爾頓酒店項目、岳陽假日酒店、 香港喜來登酒店、夏門希爾頓酒店、北京希爾頓酒店、香港北歐餐廳FINDS、香港LOTUS餐廳等。

Jacky Wong

香港建築及室內設計師。曾主導許多豪宅物業，寶翠園、唐山田園公司總部、北京銀泰中心等。

kactusDESIGN
www.kactusdesign.com

香港視覺設計公司，作品包括香港FINDS餐廳、香港JW Marriott Hotel 的Q88 Wine Bar及時尚派隊邀請函等。

Salvdor Dali
www.salvadordalimuseum.org

薩爾瓦多．達利，西班牙天才畫家，超現實化派代表，由於個性及行事風格鮮明，因此常招致仰慕或誹謗非常兩極的反應，他個性乖張卻又才華洋溢，除了奉獻一生的繪畫事業之外，也有留下電影、家具設計等作品。

REFLECTIONS × 曼谷

青春、嬉鬧、慵散的遊樂世界

www.reflections-thai.com
Add：244/2-18 Pradipat Rd.,Samsennai,Phayathai,Bangkok 10400 Thailand
Tel：+66 2 270 33 44

實驗精神十足的成人遊樂園

要說住過的旅店中，哪間最大膽、最熱鬧、最繽紛、最具趣味，那鐵定是宛如遊樂園般的曼谷Reflections！這間以Art Hotel 為核心概念的旅店，有種自我隨性的調調，沒有一般精品旅店這般的精緻講究，走的也不是什麼高檔品味路線，但強烈的遊戲及實驗精神，拋開了一般旅店經營的包袱，大玩特玩各種元素，讓整間旅店目不暇給，讓人玩得不亦樂乎。但是，Reflections搬家了！這對Reflections的粉絲來說，真是一則以喜、一則以憂，喜的是又有更多創意十足的房間可以體驗；難過的是新的Reflections沒有游泳池了！因為以泳池為核心向周邊延伸的空間，可說是舊Reflections最讓人迷戀的遊樂世界，白天可在此戲水游泳、晚上則在此用餐喝點小酒，加上色彩繽紛、毫無章法的隨性陳設，彷佛訴說著人生何需要有目的，就這樣慵懶過一生也是另一種存在。然而這樣的氣氛也隨著Reflections的搬家而灰飛煙滅……好吧！且讓我先把時光倒轉到兩年前，入住舊Reflections的種種情景，畢竟時空轉移，但心中的回憶是不變的。

每間房滿溢的視覺驚奇

舊Reflections有32個房間，旅館主人分別是來自瑞典從事電視工作的Malaii與泰國在地從事生活家飾的出口生意的Nong，為了打造一個充滿創意的旅館空間，於是邀集28位藝術家及設計師，在不受拘束的創作條件下創作，每位藝術家運用不同的設計風格及生活概念，將空間塑造出截然不同的型式，包括民俗風、普普風、北歐風、極簡主義、解構主義等，

從設計面來說，Reflections像是個充滿玩具的遊樂園，
從生活方式而言，又像個崇尚自由的嬉皮世界，
所有的小細節都讓我童心大發、玩性大開，
縱情在旅店的青春嬉鬧，
憂鬱、焦慮、壓力這回事，似乎也離我很遠了！

LA
FEMME
A
bue
DU VIN
ELLE Á
PANIQUÉ
DIRTY

Reflections強烈的遊戲及實驗精神，拋開了一般旅店經營的包袱，大玩特玩各種元素，讓整間旅店目不暇給，讓人玩得不亦樂乎。

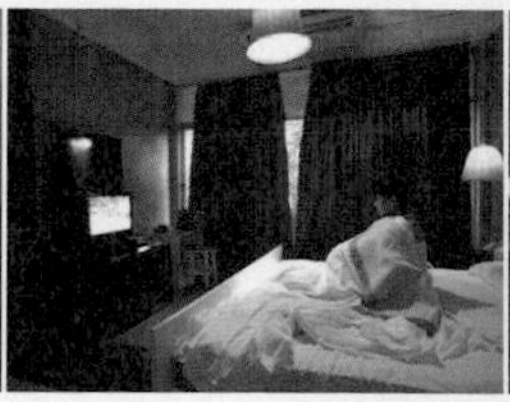

每間房色彩紛陳、型式變化萬端。由於當初Reflections開幕時，曼谷尚未有這麼多繽紛燦爛、目不暇給的創意旅館，所以Reflections受到媒體極大的注目，爭相以大篇幅報導，某種程度或多或少也反映了泰式美學、設計工業的興起。而當時我入住的是307號房BOHEMIAN RAPSODY（波希米亞狂想曲），用正黃及正綠的鮮豔色彩營造吉普賽風情，此間房的設計師Marcel Georg Muller挑明說Less is more不是他的風格，他要的是More is more，這正點出了Reflections的精神，也難怪當媒體採訪拍攝這間旅店時，307號房永遠都會成為最佳樣本！

不按牌理出牌，顏色繽紛燦爛

Reflections雖然規模不大，但旅店的配備卻非常齊全，包括lobby的小酒吧、游泳池、SPA ROOM及Reflections restaurant，而不甘於平凡的旅店，在游泳池上放著許多漂浮小玩具，讓旅客猶如回到童年戲水的快樂時光，可見只要一點點的靈光乍現，就可為生活帶來莫大的樂趣！SPA ROOM也不搞身心靈平靜那一套，連腳底按摩的躺椅都要用炫目的桃紅色，極盡花稍之能事，那些講究禪意、意境的SPA ROOM業者，不知看了是否會昏倒？而餐廳更不用說了，彷彿要把全世界的顏色用盡似的。隨性地運用各種花花綠綠的塑膠椅、玩具吊飾點綴空間，沒有章法、沒有邏輯，但這樣率性而為似乎開闢了一種另類童趣的風格。總之，旅店由內而外，所有的小細節都讓我童心大發、玩性大開，再高級昂貴的旅店，我想都無法提供這種體驗，來此住上一晚，縱情在旅店的青春嬉鬧，憂鬱、焦慮、壓力這

Reflections受到媒體極大的注目，爭相以大篇幅報導，某種程度或多或少也反映了泰式美學、設計工業的興起。

Reflections雖然規模不大，但旅店的配備卻非常齊全，包括lobby的小酒吧、游泳池、SPA ROOM及Reflections restaurant，而不甘於平凡的旅店，在游泳池上放著許多漂浮小玩具，讓旅客猶如回到童年戲水的快樂時光。
當時我入住的是307號房BOHEMIAN RAPSODY（波希米亞狂想曲）， 用正黃及正綠的鮮豔色彩營造吉普賽風情，此間房的設計師Marcel Georg Muller挑明說Less is more不是他的風格，他要的是More is more。

回事，似乎也離我很遠了！

熱鬧、青春、喧嘩、土法煉鋼的buffet式早餐

到了夜晚，可說是Reflections的happy hour，旅店的喧嘩、熱鬧超乎我的想像！來此用餐的食客從餐廳蔓延到泳池旁，連lobby的酒吧都擠滿了人，與白天的閒適的光景截然不同，到了夜晚的Reflections就像是個Night Club，整間旅店都是鬧哄哄的，來此尋歡作樂的除了住宿的旅客外，還有許多是曼谷當地的年輕人，可以想見Reflections在當地已成了夜生活的另一種指標！Reflections餐廳販售的餐點，價位可說便宜到不行，花樣繁多、任君挑選；在此用早餐更是有趣的經驗，至今大概是令我最難忘的，因為餐桌用的是花稍的桌布及餐墊，讓這裡用餐的氣氛輕鬆隨性，有種在熱炒攤吃buffet的衝突趣味，清炒泡麵、培根加上一杯黑咖啡，一切都是土法煉鋼，但旅店的心意卻是五星級的。

餐桌用的是花稍的桌布及餐墊，有種在熱炒攤吃buffet的衝突趣味，清炒泡麵、培根加上一杯黑咖啡，一切都是土法煉鋼，但旅店的心意卻是五星級的。

Reflections搬家了！這對Reflections的粉絲來說，真是一則以喜、一則以憂，喜的是又有更多創意十足的房間可以體驗；難過的是新的Reflections沒有游泳池了！因為以泳池為核心向周邊延伸的空間，可說是舊Reflections最讓人迷戀的遊樂世界。

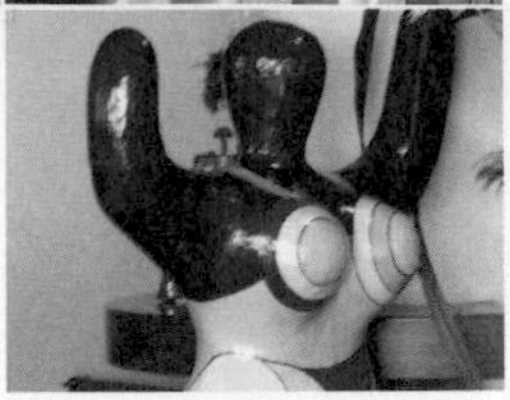

搬家後的Reflections 讓人有些失落

話說回來，Reflections搬家後，或許是剛裝修的關係，房間還有些許油漆殘留的氣味，lobby顯得較為狹窄凌亂，少了中庭的游泳池，那個濃濃的嬉鬧氣氛也沖淡不少！早餐也不再是Buffet式的，而是必須先在menu上圈選，服務人員才會為客人逐一端上；倒是建築與房間內的顏色依然光鮮炫目，我想，再給新的Reflections一些喘息的時間，待整建完畢、休養生息後，或許那個遊樂園式的青春氣息又會再回來。

Reflections延伸出設計、餐飲、房地產事業

曼谷現在已是亞洲重要的設計之都，除了民族風之外，濃烈的色彩、幽默的性格也是現在許多泰國設計產品的特色，而Reflections的主人更將此精神發揮到極致，開發出Global Trash Chic Collection，運用一些被視為垃圾的材質製成包包、玩偶、家具等色彩繽紛的產品。而且還將旅館事業觸角延伸到泰國南端海岸，開發Lumra&Reflection Resort，將住宿結合瑜伽等身心課程，拓展出不同的生活面貌。更厲害的是，旅館更增設了REFLECTIONS PROPERTY房地產公司，建設開發Villa等度假別墅。想不到一個不是這麼專業的旅館，卻能運用創意，小兵立大功，開創出這麼多的周邊事業，或許在住宿享樂之餘，也帶給我另一個事業上的啟發！而舊Reflections雖然已經不在，但餐廳仍然持續經營，不妨來此大啖泰國美食，不但價格便宜、氣氛輕鬆，而且這間餐廳可是紅到連《LUXE CITY GUIDE》都指名到曼谷非來不可的餐廳之一哦！

gossip

Reflections周邊有許多攤販小吃，可充分感受到曼谷的庶民風情。

旅館搬家後，其實離BTS站的距離頗遠，至少要走上十幾分鐘，烈日當頭時真是會把人曬暈，所以可考慮叫計程車代步。

旅館附設SPA，可直接跟櫃檯預約，師父泰式按摩的功力了得，按上一個小時也才200泰銖，不來享受一下真是太對不起自己！

房間雖然都花花綠綠，但並沒有特別的娛樂設備，電視也都是看不懂的泰文頻道，所以晚上待在房間請自己先找點樂子。Reflections附設的餐廳晚間不定期舉辦樂團party，可在此感受到曼谷年輕人瘋狂嬉鬧的娛樂生活。

Global Trash Chic Collection
www.globaltrashchic.com

Reflection旅館的經營者利用泰國米袋開發出的一系列商品，包括背包、沙發、購物袋等…。顏色樣式既繽紛亮麗，又兼具環保意義，是充滿原生精神的設計商品。

LUXÈ CITY GUIDE
www.luxecityguides.com

非常精品式的都會旅遊指南，介紹各城市的吃喝玩樂玩樂資訊，約莫口袋的大小，方便讀者旅遊隨身攜帶。亞洲的城市，包括北京、香港、首爾、曼谷等，LUXE CITY GUIDE都有出版指南，遺憾的是，至今仍未將台北列入。

New Majestic Hotel ╳ 新加坡

生活在藝術家形塑的空間裡

www.newmajestichotel.com
Add：31-37 Bukit Pason Road .Singapore 089845
Tel：+65 6222-3377

牛車水——新加坡的時尚新熱點

新加坡的牛車水（China Town）是個有趣的區域，從19 世紀由中國福建廈門出航的第一艘帆船開始，華人在此落腳生根，歷經時代變遷，現在的牛車水成了新加坡最具特色的生活圈，尤其當全世界正風行著在老區域尋找新時尚的概念下，牛車水成了許多SOHO工作室、特色餐廳、設計workshop的落腳處，而代表新生活美學的chic hotel也在此開枝散葉，繼Hotel 1929大鳴大放後，盧立平（Loh Lik Peng）於2006年再度成立New Majestic Hotel（大華酒店），成為牛車水另一個時尚熱點。

房間的生活樣態成為創作者作品的一部分

New Majestic與Hotel 1929只有幾步之遙，同樣都是由傳統的店屋改建，但不同於Hotel 1929空間上的侷限，New Majestic無論在空間、內部設計及藝術表現、設施配備等等，都比Hotel 1929來得細膩豐富。不走懷舊的基調，而是全然的摩登、前衛。如果你已厭倦平日無聊的生活空間，來一趟New Majestic絕對會帶給你無窮的啟發及想像。這裡每間房都極具特色，並不是用Superior、Deluxe、Suit、Studio等我們熟悉的方式來分類房間，而是用鏡房（Mirror Room）、空中睡房（Hanging Bed Room）、水族館房間（Aquarium Room）及閣樓房間（The Loft Room）四種房型來做分別，但就因為這樣另類的分類方式，讓我當初訂房時有點手足無措、內心糾結……只有一晚的時間，真不知該住哪間房好呢？本來我想住Hanging Bed，想像睡在一張懸浮的床上應該是很鮮的體驗，但後來與訂房人員

New Majestic的三十間房沒一間是相同的，
每間房都代表著不同的場域（space）藝術家形塑著不同的生活樣態（life style），
而從踏入房間的那一刻開始，
我也成了他們手中要塑的那塊泥、要畫的那張紙，
變成為作品中的一個環節了。

e-mail往返，他們改幫我安排了Aquarium，剛開始我還有些搞不清楚狀況，等到實際入住後，才知道這四種房型是以空間的狀態而分，而每間房又邀請不同領域的設計師及新銳藝術家針對房間牆面、陳設、風格做截然不同的詮釋，所以簡單來說，New Majestic的三十間房沒一間是相同的，每間房都代表著不同的場域（space），藝術家及設計師也形塑著不同的生活樣態（life style），而從我踏入房間的那一刻開始，我也成了他們手中要塑的那塊泥、要畫的那張紙，變成他們作品中的一個環節了。

Aquarium Room 讓沐浴成為華麗大秀

我的房間安排在二樓，當旅店人員帶領我搭乘電梯時，電梯裡不斷變換的光束，彷彿有一種焦躁不安的氣氛在鼓譟著，像是一種預告，告訴你在New Majestic的一晚絕對不normal。房內的陳設，簡直是只能用「豪華」來形容，這豪華二字絕非如杜拜柏瓷酒店（Burj Al-Arab）般鑲金包鑽的風格，而是空間大得很豪華、配備有型得很豪華。首先佔據我的視覺焦點的是用MISSONI的幾何印花所包覆的Relaxer Rocking Chair，這張搖椅是由Verner Panton所設計，本身即充滿童趣再加上MISSONI浪漫的粉色系印花，彷彿被施以魔法般讓人躺在椅子上能忘憂解勞！紫藕色的牆面綴以Miguel Chew所設計的鋁質人形剪裁，俐落狐媚的身形背後還有燈光來襯托，到了夜晚顯得浪漫挑逗，頗有lounge的曖昧情調，而牆邊矗立一盞FLOS的Luminator燈，與牆上狐媚的人形剪影成了極對味的呼應。偌大的房間中，衛浴設備也佔了極大的空間，我所入住的Aquarium Room，就是

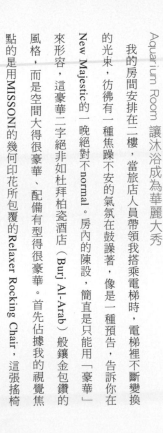

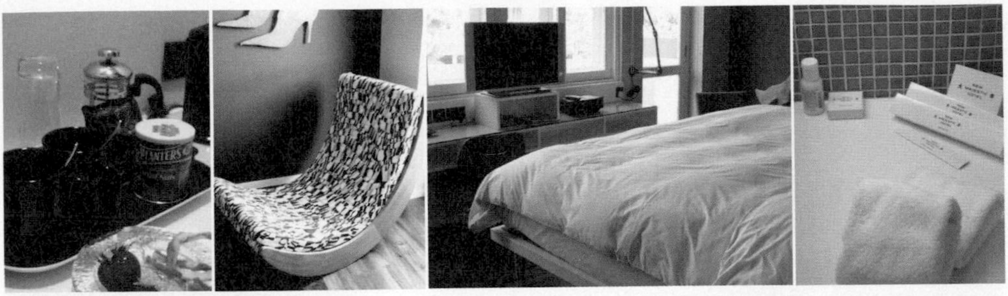

將玻璃間隔出的浴室放在房間的正中央，讓沐浴成為房間中的一道風景，透明玻璃讓沐浴與起居保持一個曖昧的空間，想像一下，當你的親密愛人在玻璃間中沖澡，水花濺灑在胴體上熱氣蒸騰、忽隱忽現的性感畫面，肯定弄得你心癢難耐，然而一切都是看得到、摸不著，沐浴也因此變成了一場show，成為稍後銷魂夜晚的挑逗前戲……浴室的空間結構在精品旅館中不斷改變，Aquarium Room也算給我另一種啟發，而花灑及蓮蓬頭、Kiehl's的沐浴香氛及燭臺，更是提醒我別再洗戰鬥澡，偶爾也該把洗澡當作一場華麗大秀般認真對待！

房間內的書桌與視聽設備連成一氣，擺放在大窗檯前，窗前的景致是牛車水的店屋及新加坡的大藍天，而我坐在Charles & Ray Eames所設計的Plywood DCM椅子上，望著那些人瑞級的老房子，在書桌前用我的手提電腦與台北親友msn，新的科技與舊的景致揉雜在一起，倒也別有一番滋味，而通往露臺的門則保留了原始的彩繪玻璃窗，更是讓這個新潮的旅店保留一些古意。我倚在房間露台旁，看到欄杆上如魚鱗般的紫色波浪雕飾，忽然間我意外發現New Majestic的信紙、memo紙都印有這紫色波紋，而旅店其他的設計小細節都與這紫色波紋若有似無地呼應著，視覺設計者的纖細心思透過這神來一筆更讓人覺得驚喜連連。但若真嚴厲挑剔的話，就是DCM椅與桌子的高度並不相符，讓旅客寫作或打電腦都有點辛苦；床鋪的高度過高，上下床都有點不順；那張漂亮的Rocking Chair其實很難坐；房間少了一個方便喝點飲料或吃點心的小茶几……雖然有這麼多

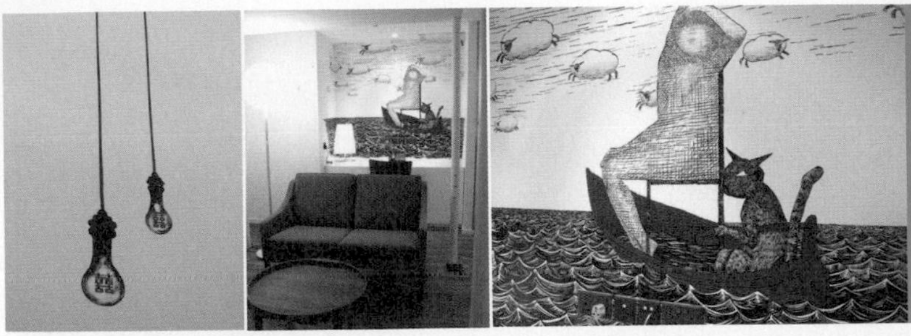

New Majestic無論在空間、內部設計及藝術表現、設施配備等等都細膩豐富。不走懷舊的基調，而是全然的摩登、前衛。

小缺點，但既然來到這樣實驗風格十足的生活空間中，是否便利舒適這件事其實已經不太重要了！

牆之裝飾成了新加坡新銳藝術家的展示空間

常然從房間就有這麼多的新發現，更遑論旅店本身隱藏著多少驚喜。當塗鴉已成為設計旅店的王道，New Majestic絕不會讓旅店的牆面空白一片。首先是健身房8米長的牆壁放上由Safaruddin Abdul Hamid所繪的Hotel 1929的建築外觀，飽和的色彩呈現濃濃的都會氣息，而泳池旁也有馬賽克拼貼圖案，呈現一個奮力游水的巨大人像，其他的房間的牆壁也不寂寞，New Majestic網羅新加坡當地的新銳藝術家，包括Andre Tan、Lee Meiling、Heleston Chew、Tay Bee Aye、Kng Mian Tze、Miguel Chew、Sandra Lee 及Justin Lee為旅館房間的牆面作設計，每個房型也因為這些作品而呈現截然不同的風格。

這也讓我不禁思考著，隨著中國經濟崛起，華人藝術家的作品在拍賣市場上變得奇貨可居，也成了有錢人的投資標的物，畢竟藝術在資本家心中也是一個business，隨著藝術旅店、設計旅店的林立，現在這些藝術作品也多了一個被注目的空間，而New Majestic倒是將商業與藝術融合的好例子，藉由這些藝術作品來增加旅店的豐富性，但也不會因為藝術性過強而忘掉旅店本身舒適、休憩的完備功能，畢竟歐美有許多藝術旅店太前衛、太刺激了，讓一般大眾感到難以親近，當然要如何將兩者漂亮、巧妙的結

素白的空間中放置著許多設計大師的椅具，包括Verner Panton的Cone Chair系列、Charles & Ray Eames的La Chaise、Hans J. Wegner的PaPa Bear Chair、OX Chair、Sawhorse Easychair……

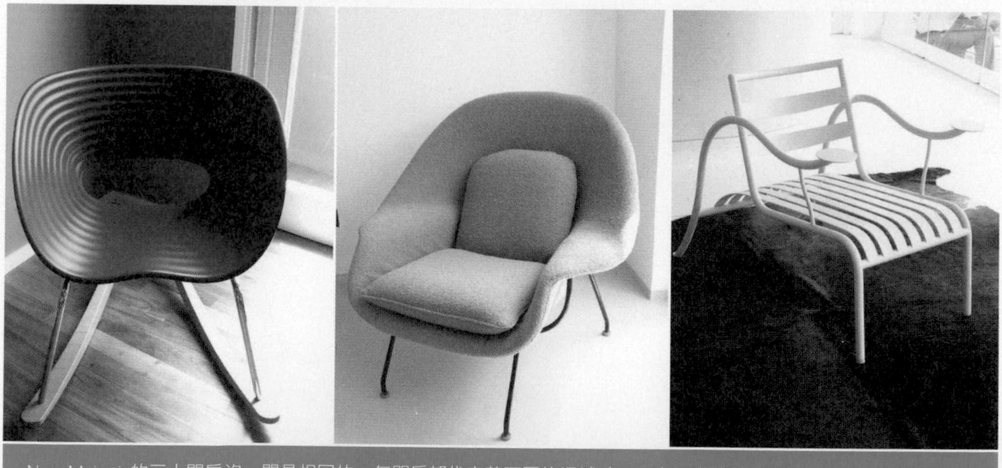

New Majestic的三十間房沒一間是相同的，每間房都代表著不同的場域（space），藝術家及設計師也形塑著不同的生活樣態（life style）。

餐廳頂上的游泳池透過鏤空的設計，讓坐在餐廳用餐的客人一抬頭，就可透過圓形玻璃窗看到游泳池的一舉一動。

合，就關乎旅店東的品味涵養了，所以我想如果盧立平（Loh Lik Peng）是個商人，那肯定也是個浪漫的商人吧！

超另類Lobby 經典椅具的華麗展示

New Majestic的lobby及餐廳也給我許多震撼的感受！旅店的大廳是採全開放式的，延續著Hotel 1929對椅具的熱情，素白的空間中放置著許多設計大師的椅具，包括Verner Panton的Cone Chair系列、Charles & Ray Eames的La Chaise、Hans J. Wegner的PaPa Bear Chair、OX Chair、Sawhorse Easychair……旅客可以隨性地坐在椅子上望著屋外的景致，而天花板則是裸露的牆壁，裸牆上再配以Compton的古典吊扇，呼喚著建築本身的歷史，看似樸素的空間卻有著豐富的層次，尤其它開放式的lobby在一般都會中的旅館是很少見的。而New Majestic的餐廳則是以綠色做基調，讓餐廳氣氛顯得老成持重，餐廳盡頭的中國裝飾，說明了餐廳主要提供的菜式，但那懸掛在天花板上極為搶眼的照明燈具，我一眼就看出是由荷蘭mooi出品、Jurgen Bey設計的Light Shade Shade，因為這盞燈又讓穩重的空間變得時尚歡愉，尤其餐廳頂上的游泳池透過鏤空的設計，讓坐在餐廳用餐的客人一抬頭，就可透過圓形玻璃窗看到游泳池的一舉一動，究竟是用餐者是游泳者的風景？抑或是游泳者是用餐者的風景？剎那間，我已經分不清楚了。

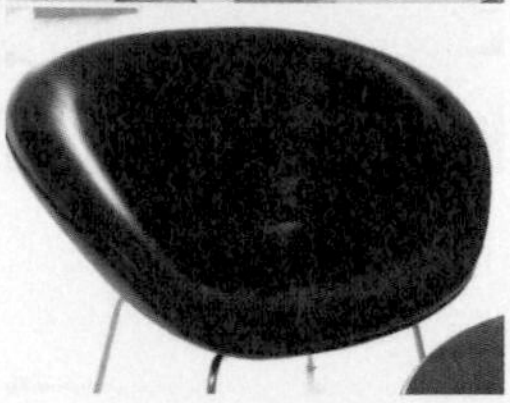

每間房都是驚奇

隔日check out完後，經理很貼心地帶我參觀其他房間，包括Wykidd Song所設計的流體（Fluid）、Patrick Chia設計的無題（Untitled）、Daniel Boey設計的小野貓居室（The Pussy Parlour）及閣樓房間（The Loft Room）等，有的低調、有的狂野，我像劉姥姥進大觀園般對每間房都讚嘆不已，看來在New Majestic一個晚上真的不太夠！如果哪天口袋又多些閒錢，哪天又天上掉下來幾天假期，哪天又想要躲在一個安靜的角落……

我想那窩藏我的地方肯定就是New Majestic吧！

gossip

New Majestic每間房型皆不相同，入住前無須預設立場，讓旅館隨機安排，就當是抽獎一樣的心情，反正每間房都不會令人失望。

如果想要參觀房間，可在約莫中午房客離開打掃時，像櫃檯提出參觀的要求，旅館的經理會樂於帶你導覽解說，而且他還允許拍照，這點真是太大方了！

如果是夫妻或情侶，建議住the loft room，這種樓中樓的房型非常有精品小豪宅的味道，就算買不起，來此住上一晚想像一下也不錯。

Verner Panton
www.vernerpanton.com

Verner Panton（1926-1998）是20世紀設計與建築最具代表性的歷史人物之一。他曾跟隨了丹麥大師Arne Jacobsen協助其完成Ant chair。他的作品充滿實驗精神，對色彩的運用也強烈而大膽，同時也克服許多當時材料上的限制，做許多大膽的嘗試，如創造了設計史上第一張利用塑膠材料聚酯（polyester）一體成形的椅具Panton chair。他所設計的燈具、椅具等至今仍深受世人的喜愛，更可說是經典中的經典。

Charles & Ray Eames
www.designmuseum.org/design/charles-ray-eames

美國知名設計師夫妻檔，20世紀最有影響力的設計師，設計涵蓋了家具、建築、影像及平面設計。他們的家具設計，功能性十足、摩登、簡潔，同時利用材質及工業技術創造出當代家具的新風格。

Hans J. Wegner
www.scandinaviandesign.com/hans_wegner

丹麥當代設計大師，其設計特色為擅用自然材質、線條優美、簡潔純粹，其設計的椅子，包括Y Chair、Round Chair、OX Chair、Three-legged Plywood Chair等，都可謂當代經典之作。

Shanghai Inn ╳ 曼谷

老外對東方中國的繽紛想像

www.shanghai-inn.com
Add：479-481 Yaowaraj Road, Samphantawong,Bangkok ,Thailand
Tel：+66 2221-2121

老舊社區的創意旅店

在曼谷的china town開一間具有中國風味的旅館是再直接不過的想法了！但要如何將中國元素玩得摩登、趣味，就考驗著旅館經營者的創意。而位於曼谷中國城的Shanghai Inn就是一個將東方風MIX&MATCH的另類旅館，或許這也正呼應著老外對中國一頭熱的全球現象吧！

龍蛇雜處、人車雜沓的曼谷China Town

Shanghai Inn位在China Town最熱鬧、最核心的耀華力路上，龍蛇雜處、人車雜沓是我對此最深的印象，附近都是販賣中藥、南北雜貨、黃金飾品、潮州及廣東小吃的傳統店鋪，還有許多年事已高的老人蹲在路邊販賣雜貨，狹窄的街道讓這個華人老社區更顯擁擠，在這樣的環境下，也更無法期待在此區域的旅店能有多高檔、多細緻。而就某個程度來說，Shanghai Inn可說是再簡單不過的飯店了！沒有令人驚喜的服務、沒有特色餐廳、沒有健身房、更沒有水療或游泳池，Shanghai Inn提供的就是最基本的住宿功能，但在這基本的生活型態之中，旅店仍用心製造了一種POP式的中國氛圍，讓人入住於此，並不會因為飯店的簡單而顯得無聊、單調，換個角度來說，基本房型一晚只要1700泰幣的價錢也算是非常超值了。正因如此，房間內免費提供的也就只有兩罐水和一包茶，其他你所看得到的任何東西——包括沐浴用品、浴巾、拖鞋等等，全都不能帶走。旅館甚至大剌剌的將所有用品的費用list出來，提醒旅客這些物品可都是要charge費用的。

古式梳妝台、傳統的四柱床、紅豔豔的櫥櫃、燈籠式的照明配備，
加上大片的彩繪玻璃，
整個房間呈現出上海30、40年代風花雪月的味道，
在這待上一晚，真的有種睡在片廠的錯覺……

位於曼谷中國城的Shanghai Inn是一個將東方風MIX&MATCH的另類旅館，但要如何將中國元素玩得摩登、趣味，就考驗著旅館經營者的創意。

淹沒在China Town的煙塵中

在穿著花布旗袍的櫃台人員協助下，我完成check in的手續，放下行李，飢腸轆轆的我已迫不及待地到街上覓食，連續幾天又酸又辣的泰國菜，搞得我嚴重腸胃不適，想家的我，也正好可吃點中國菜來彌補思鄉之情，加上在此之前有許多朋友告訴我，去曼谷一定不能錯過中國城便宜又大碗的燕窩補品，所以我當然要找間餐廳坐下來大啖美食一番。但或許是烈日灼人，走在中國城的街道上才五分鐘，熾熱的午后就烤得我頭昏眼花，而人車雜沓的街道、小販的叫賣聲、狂鳴不止的喇叭聲、嘟嘟車排出的刺鼻汽油味、食物的油煙味、人的汗臭味、路邊垃圾的酸腐味……全部渾濁在一起，一波波地向我襲來，讓我覺得自己就快要淹沒在街道的人潮、車潮中，雖然眼睛看到的景象是車水馬龍，但靈魂好像已經出竅，整個人空飄飄的，像是處在另一個三度空間裡。

「一個人的旅行是不容許身體有異狀的！」

危機感強烈的我趕緊到藥局買一個涼藥膏，將我飄忽的靈魂喚回現實的世界，試圖清醒之後，雖然街上都是我熟悉懷念的食物，但在煙塵瀰漫、衛生堪虞的環境下，讓我望而卻步，就在那想吃點什麼的心情驅使下，我看到了「肯德基」的招牌，我彷彿找到救星般，毫不猶豫地點了一大份的餐點帶回旅館享用。不得不承認，當人身處異地，若對異地的食物再也沒有興趣與勇氣嘗試時，麥當勞、肯德基、星巴克這類的連鎖速食餐點反倒成了美味，全球一致的menu、單一的點菜方式，踏進連鎖餐廳帶來的就是

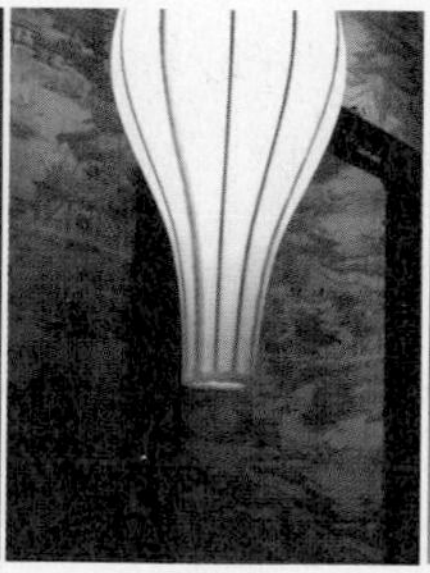

Shanghai Inn在這基本的生活型態之中用心製造了一種POP式的中國氛圍，讓人入住於此，並不會因為飯店的簡單而顯得無聊、單調。

熟悉與安全，讓你理所當然地被這樣的連鎖餐廳制約，畢竟不會被坑錢、不會無所適從，雖稱不上甚麼絕美滋味，但大可讓你在異地安心吃上一餐！所以我在一個都是華人的中國城、在一個裝潢中國風的旅店，居然啃起老美的炸雞，也只能說真是夠另類、諷刺的！

俗艷的另類中國風

旅店既然走的是中國風，所有裝潢的配件當然皆為東方元素，但可別以為它會放個優雅的古董字畫或高貴的陶瓷花瓶，所有家具配件都沒有什麼大有來頭的背景或藝術成就，嚴格來說材料都很普通，但整體色彩的搭配極度搶眼，加上一些特殊的小細節，讓Shanghai Inn顯得繽紛趣味，就像一個穿著五分埔廉價衣的窈窕淑女，只要搭配得宜，依然不輸給穿著香奈兒的名媛貴婦，我想Shanghai Inn給我的就是這種感覺吧！每個房間從房門到浴廁，皆採中國傳統木柱式的設計，古式梳妝台、傳統的四柱床、紅豔豔的櫥櫃，所有的照明配備全是燈籠式的，加上大片的彩繪玻璃，整個房間呈現出上海30、40年代風花雪月的味道。尤其是旅店的櫃台，豔紅的玻璃吊燈、閃亮的牆面，真的會誤以為自己走進哪間風月場所。而中國的傳統花卉，從桃花、牡丹到蘭花，旅店無一不缺，但全是塑膠做的假花，跟一般旅店用新鮮花朵營造高雅氛圍的邏輯完全背道而馳，但卻另有種淘氣、遊戲之感，而旅店中庭高掛的各色油紙傘，更是將中國元素玩到極致。在這待上一晚，真的有種睡在片廠的錯覺，雖然離中國講究的高雅意境有很遠的距離，而這些繽紛燦爛的裝飾在華人的眼光看來也顯得有些矯情，有

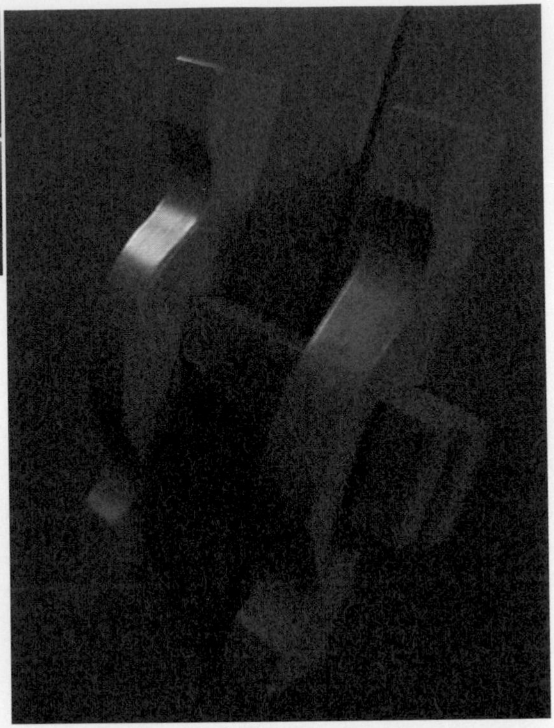

旅店既然走的是中國風，所有裝潢的配件當然皆為東方元素，不過所有家具配件都沒有什麼大有來頭的背景或藝術成就，嚴格來說材料都很普通，但整體色彩的搭配極度搶眼，加上一些特殊的小細節，讓Shanghai Inn顯得繽紛趣味。

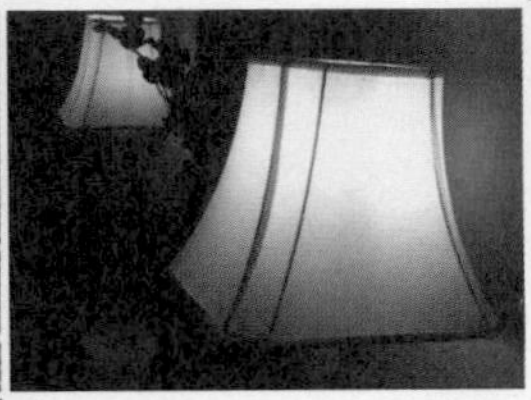

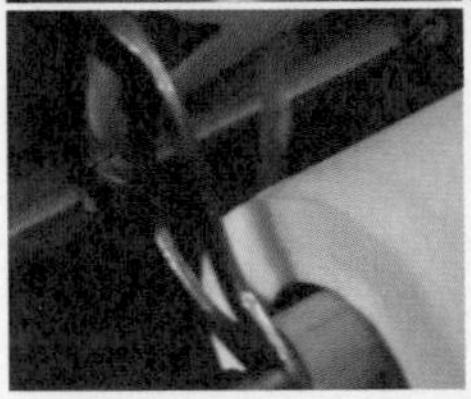

些over……但或許正符合老外對東方中國的浪漫想像，尤其Shanghai Inn房價低廉，更可說是提供給各國旅客另一種平價式的創意生活。

別錯過China Town的潮州早餐

順帶一提，**Shanghai Inn**有個**tea house**，純粹是提供房客簡便早餐之用，真的很簡便！畢竟如此便宜的房價無法期待有多麼豐盛的餐點，我只喝了杯咖啡，就決定到附近轉轉，看看會不會有豆漿、油條之類的中式早點，這一回我拋開了對衛生的顧慮，找了間小攤子喝了碗粿仔湯，那清爽香醇的湯頭總也算彌補我昨日沒吃燕窩卻吃了炸雞之荒謬吧！

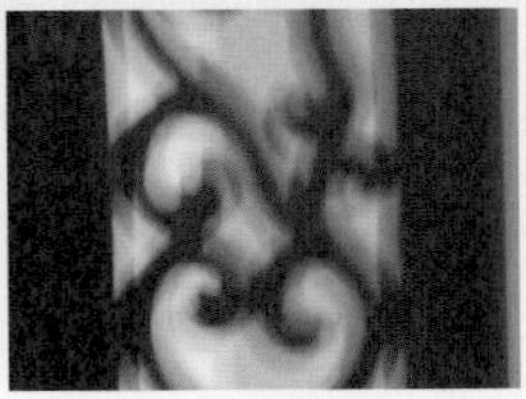

gossip

因為旅館位在China Town，距離主要購物商圈有一點距離，建議入住一晚便可。

在 China Town大概都只能靠計程車及嘟嘟車代步，請務必透過旅館的服務人員幫你叫車，尤其格外當心在旅館門口那些拉客的嘟嘟車，因為他很可能把你當待宰的肥羊載你到不知名的珠寶店shopping！

旅館沒有特別值得提的餐飲或服務，倒是旅館附設的陰陽Yin Yang SPA，腳底按摩是台灣式的足部反射按摩（泰式的腳底按摩跟台式的不太一樣哦！），非常適合我這種重口味的按摩客，按完後還會敷上熱呼呼的薑泥促進血液循環，有的師父還是從內地來的，這點真是非常中國。

耀華力路
www.tattpe.org.tw

曼谷的華藍蓬火車站對面的Yaowarat耀華力路一帶，是一個深具特色的華人聚居地。舊名『Sampeng』，在拉瑪4世與5世時期，與外國商業貿易往來頻繁，是當時泰國的國際貿易中心。若要追溯曼谷中國城的最早一批移民，約莫是300多年前隨鄭和下西洋而移居泰國的潮州人。

Special Hotels of The World
www.ghotw.com/shotw

Shanghai Inn隸屬於Special Hotels of The World聯盟，該聯盟搜羅國際各城市風格獨特、獨立經營的特色旅館。而Shanghai Inn濃艷的風格、戲劇化的空間，加上曼古老城區唯一的精品旅館，更顯出它的獨特再獨特。

旅館人生 之二

蛋白質

在基督徒的世界裡 蛋象徵新生命的開始
在旅館的生活中 蛋是美好早晨的開始……
溫熱的蛋白質總能撫平我旅途的飢餓
它千姿百態 模樣各異
或軟或硬 既鬆散又堅實
也因為它的變化多端
你必須謹記你最喜歡它的模樣
然後默背它的英文名字
如此才能在全世界的旅館
用你最喜歡的樣態 與蛋開啟美好的早晨

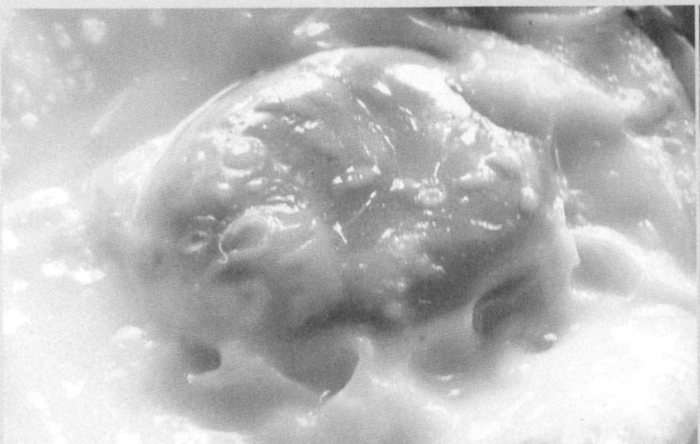

sunny-side up egg 只煎一面的荷包蛋

scrambled eggs 炒蛋

omelet 西式蛋捲

hard boiled egg 全熟水煮蛋

fried egg over- easy 兩面煎半熟荷包蛋

fried egg over- well done 兩面煎全熟荷包蛋

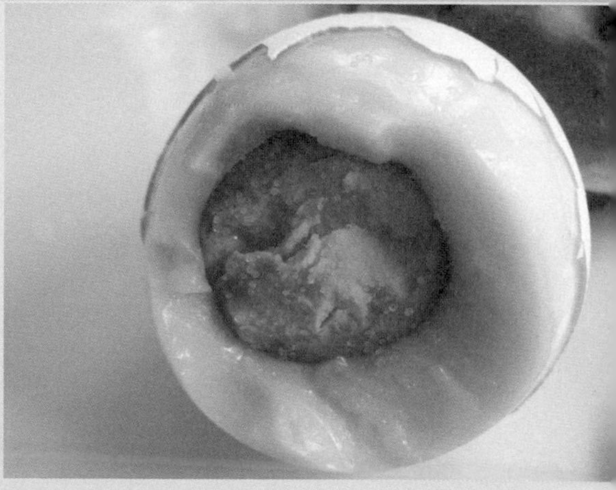

PART **03**

緩慢·優雅

我的生活總是緊張的、凌亂的，儘管是休憩的時光，我都覺得心跳加快、呼吸急促，只要聽到手機響起，我又開始嚴重焦慮……有時總會感嘆這是何苦來哉，要讓自己忙到、累到快精神崩潰！

正是因為寧靜、緩慢於現實生活之不可得，我更可渴望擁有純粹的簡單與靜定，入住這些緩慢、優雅的旅館，讓自己的精神能夠昇華，療癒我們的慌亂、緩和我們的緊張、平撫我們人生的太多與太匆匆，卸下肩上所有的責任與重擔，不要再躁鬱或歇斯底里，讓自己融入旅館的極簡與洗鍊，我們的人生也方能更瀟灑自在。

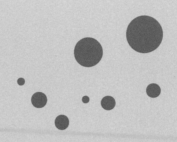

Hyatt Regency Kyoto ╳ 京都

摩登京都味

www.hyattregencykyoto.com
Add：京都市東山區三十三間堂迴644番2
Tel：+81 075 5411234

要療癒也要有財力

「療癒」一詞已成現代許多旅館的核心價值。誰叫現代人的生活壓力巨大——憂鬱、焦慮加上躁鬱！不停自虐的我們只有靠旅行來尋求慰藉，而能夠讓人舒緩解放、澄澈心靈的空間，自然能讓旅人緊繃的身心靈得到療癒之效，因此應運而生的「療癒系」旅館，也就成了渴望逃離現實生活旅人的救贖之地。但通常這樣的旅館總在遙遠的山巔水湄，光舟車勞頓就已經夠折騰人了，更何況如果你財力不夠雄厚，也休想在不丹的喜馬拉雅山上或馬爾地夫的小島上，享受那人間淨土獨有的高貴尊榮，很抱歉，因為你住不起！你只能在危機處處、龍蛇雜處的小旅館尋求刺激或與旅行團來個大堆頭式的走馬看花。M型社會就是這樣，當社會階層走向極端，連旅行都變得沒有中間值了！

那我們這種貧窮旅人難道永遠不能翻身嗎？如果要讓自己擁有一次療癒式奢華的機會，又不想千金散盡，我想那就去京都凱悅Hyatt Regency Kyoto吧！一來京都並不太遠，就算只有三、五天的假期仍可瀟灑一遊；二來京都凱悅雖然價格不菲，但只要願意耐心等待、逢低搶進（這跟買股票的道理是一樣的），仍可用優惠的價格享受到超值的風格生活。當初就是在網站上看到起碼一萬五台幣起跳的房價，居然在酷熱的夏季只要八千台幣左右就可入住，這就如同名牌下殺折扣一樣的道理，我這個敗家女當然是大舉進攻，雖然，能擁有的奢華只有一晚，但磨難無聊的人生中有此一晚可以附庸風雅，已經甚是滿足！

Super Potato擅長將日本和式空間用現代手法演繹，
造就現代與傳統交融的摩登風格，
在簡潔節制中又洋溢濃濃的民族風情，
旅館從大廳到餐廳都有京都傳統的小細節隱藏其中，
只要細心觀察就會有許多驚喜。

trattoria sette

當我按圖索驥從京都車站坐公車到「三十三間堂」下車時，透過竹林隱隱約約可以看到的磚紅的建築，也讓旅店顯得格外謙遜自持、低調而優雅。

Hyatt Regency Kyoto千呼萬喚始出來

京都是亞洲最「療癒」的城市之一，千年積蘊的文化、洗練清寂的風格，每個細節都是如此敦厚優雅。但這個觀光旅遊的熱點，意外地並沒有太多叫得出名號的跨國高級飯店，在此住宿對高級的定義是像「柊家」或「俵屋」這類的百年旅館，至於Aman、Banyan Tree之類的高級度假村，這裡是看不到的！因為京都這個千年古城有太多事要在乎與堅持，尤其是建築，想在此新砌一個房子都有嚴格的制度與規定，加上要與日本龐大的官僚文化鬥爭，可以想見要誕生一間大飯店是多麼錯綜複雜的一件事，也因此當Hyatt Regency Kyoto 在2006 年的春天終於千呼萬喚始出來，自然引起萬千注目。

其實，Hyatt Regency Kyoto是由一間已經有25年歷史的老飯店Park Hotel所改建而成，保留了老飯店的庭園，而將內部改為更有當代風情的住宿空間。旅店的建築非常低調，完全沒有那種國際連鎖飯店的雄踞之姿，而是隱匿於一片俊秀的竹林中，當我按圖索驥從京都車站坐公車到「三十三間堂」下車時，一時間還找不著，仔細一看才發現Hyatt Rengency Kyoto原來就在眼前，透過竹林隱隱約約可以看到的磚紅的建築，也讓旅店顯得格外謙遜自持、低調而優雅。從門僮到引領我進房間的服務人員，每個人都直挺挺的，做事一絲不苟，衣服挺得沒有半點摺痕，無論你在旅館的哪個角落，只要他們遇到旅客都會親切的鞠躬或微笑，但那鞠躬的角度都好似用尺丈量過的，拘謹而工整，與泰國那種親切隨性的服務方式截然不同，

HYATT REGE Y
KYOTO

無論你在旅館的哪個角落，只要他們遇到旅客都會親切的鞠躬或微笑，但那鞠躬的角度都好似用尺丈量過的，拘謹而工整。

絕對是那種深宅大院的大器與嚴謹！怎麼說，這裡都是一切講求優雅的京都，我也意識到這回我可是住進大飯店而不是那種小家碧玉的旅館呢！

Super Potato又一旅店代表作

Hyatt Regency Kyoto 還有一個非住不可的理由，就是旅店的lobby、餐廳等空間都是由日本設計名門Super Potato的杉本貴志(Takashi Sugimoto)所操刀設計。Super Potato 有許多與餐廳、旅店或商業空間的作品，包括東京的MUJI Gallery、My City、春秋餐廳及那須的NIKI CLUB、香港香格里拉大飯店的CAFE TOO、還有亞洲的Hyatt飯店系列……到近期開幕的箱根Hyatt Regency。而Super Potato也一直非常擅長將日本和式空間用現代手法演繹，造就現代與傳統交融的摩登風格，在簡潔節制中又洋溢濃濃的民族風情，而Hyatt Regency Kyoto同樣也有這樣的作風，從大廳到餐廳，都有屬於京都傳統的小細節隱藏在空間中，只要細心觀察就會有許多驚喜。

房間以現代簡約風格融入日本文化細節為設計方向，在床頭以日本傳統的錦織組合而成，召喚著京都古城的歷史意識，而房間的配色溫潤典雅，木質家具呈現淳厚的韻味，用和紙糊的立燈更是和風十足，而拉開窗簾探看窗外，是一方小小造景，眺望窗外喝著用和式杯具所沏的玉露，悠悠的茶香舒緩了旅程的奔波，心情也變得格外篤定，不再飄忽慌張。

旅店的lobby、餐廳等空間都是由日本設計名門Super Potato的杉本貴志(Takashi Sugimoto)所操刀設計。Super Potato也一直非常擅長將日本和式空間用現代手法演繹，造就現代與傳統交融的摩登風格，在簡潔節制中又洋溢濃濃的民族風情。

與東山餐廳巧妙連接的，是東山Bar，幽暗的空間中，計算精密的燈光投射著，營造出一種隱密幽微的氣氛。空間的裝飾則充滿解構主義的味道，將許多日本生活中的傳統器物，諸如樑柱雕花、古舊書籍、木榫、瓷器等，巧妙的堆疊或排列著。

三間餐廳中，最有看頭的就是東山Tozan，因為透過這間餐廳最能看到Super Potato 的設計精髓，更可透過落地窗外欣賞枯山水庭園，讓我留連不捨離去。

傳統素材堆砌的當代空間

飯店共設有三間餐廳，分別是大廳旁的The Grill、義大利料理餐廳trattoria sette及日式料理餐廳東山Tozan。我個人認為這三間餐廳中，最有看頭的就是東山Tozan，因為透過這間餐聽最能看到Super Potato的設計精髓，更可透過落地窗欣賞枯山水庭園，庭園美景與當代設計交織下的敦厚空間，更是讓我流連不捨離去。走入東山餐廳前，我被牆壁大手筆用和紙包覆著而讚嘆不已，紙漿不規則的紋路有種素樸之美，更可感受自然材質的生命力。而餐廳巧妙地用重複的鏤空雕花將偌大的空間隔成不同的區塊，這點倒與大廳天花板有異曲同工之妙，也在此小小細節處，可看出設計者對傳統美學致意之細膩心思。

餐廳使用日本設計大師渡邊力(Riki Watanabe)設計的Windsor Chair，而木質的桌面皆有一道刻意的小小裂紋，這讓我想到日光東照宮流傳一個故事，因為東照宮是祭祀幕府將軍德川家康的靈廟，到了德川家光為了確立德川家的威儀，進而大舉修建，將廟宇修建得美輪美奐、耀眼奢華，但設計者唯恐這樣的完美會遭天忌或妖魔的破壞，所以特意將其中一個樑柱的雕花弄反，造成小小不完美的缺陷，以保廟宇不受侵擾，這也顯現了日本瑕疵美學的特色，而難道，這餐桌上的小小裂痕也是這樣的用意嗎？

早餐的配菜用各種不同的日式餐皿盛著，每一樣都非常賞心悅目，而餐皿不規則的紋理，撫觸時有種厚實之感。

與東山餐廳巧妙連接的，是東山Bar，幽暗的空間中，計算精密的燈光投射著，營造出一種隱密幽微的氣氛。空間的裝飾則充滿解構主義的味道，將許多日本生活中的傳統器物，諸如樑柱雕花、古舊書籍、木樺、瓷器等，巧妙的堆疊或排列著，這些經過歲月雕刻過的器物，經由另一種模式的「編排」，拆解而後重生，成為後現代美學風格的絕佳展示。

東山Tozan餐廳的慢活早晨

入住Hyatt Regency Kyoto的早晨，旅店會附上西式或日式早餐，雖然我仍然眷戀著吐司、培根加荷包蛋的滋味，但來到京都就該用日式風味來迎接一天的開始，所以在服務人員的引領下，我來到東山Tozan的落地窗邊，享受夏日艷陽灑入室內的清亮空間。早餐的配菜用各種不同的日式餐皿盛著，每一樣都非常賞心悅目，而餐皿不規則的紋理，撫觸時有種厚實的之感，細嚼每一道配菜，清淡中別有風味，尤其是那一碗潔白淨透的「湯豆腐」，可是京都料理的名物，在碗中清麗淡雅的姿態讓我著實捨不得品嚐，到最後才用近乎崇敬的心情來享用，用湯杓舀起豆腐沾著有柚子香氣的醬汁一起吃，醇厚的豆香味在嘴裡溶化，豆腐的口感雖然扎實，但「湯豆腐」真是視覺的料理而非味覺的啊！

比起許多料理精雕細琢後的千滋百味，這湯豆腐真是太淡薄了，只怪我一身俗念，實在無法深得這極簡中有奧義的料理精神，更不懂這樸實的味道為何在京都可要花大把銀子才吃得到。不過，在靜雅的空間及素樸的料

理中，平日用餐速度非常急躁的我，不自覺放慢許多，也方才發現這「慢活」之趣，原來我所咀嚼的不只是餐桌上的美味，包括這裡流動的每一分時光、每一寸空間、每一個與我擦身而過的人，當這一切構築了我對京都的記憶，這些緩慢流轉的時光，也就成為回歸現狀後的我最大的療癒吧！

用完早餐沒多久，我要告別京都凱悅，遷移到便宜的小旅館了，雖然落差很大，但既然曾經擁有又何必天長地久，有此淡雅美好的一天，我的京都行也格外豐沛滿盈。

gossip

Hyatt Kyoto是細節處有驚喜的旅館，請打開視覺神經、放大你的感官去感受體驗，否則你可能只記得住過一個漂亮旅館，卻說不出旅館到底哪裡好。

我個人覺得Tozan是旅館設計精華之所在，請務必到餐廳或酒吧去坐坐，感受杉本貴志的設計風格。

房間的液晶電視可以讀取記憶卡，可以馬上將你拍下的京都風情透過高畫質的大螢幕播放欣賞。

Hyatt Kyoto的房價已經夠高了，但房內的網路可不是免費使用的，這點真是太搶錢了，在此我要向旅館業者抗議一下，網路連線到21世紀已是民生必需品，如果還要額外收費，就顯得太落伍，跟不上時代！

Super Potato
www.superpotato.jp

由日本知名空間設計師衫本貴志在1973年創立的Super Potato設計團隊，擅於將傳統文化及素材用當代手法演繹，部分亞洲Hyatt系列的餐飲空間可見Super Potato的作品。

渡邊力

1911年東京出生，1949 年設立渡邊設計事務所，是日本現代設計派大師之一。他的設計奠定了日本20世紀當代設計的基礎，而他所設計的Riki Windsor Chair在許多日系餐飲空間中都可見到。

Eugenia ╳ 曼谷

復刻的殖民時光

www.theeugenia.com
Add：267,Soi Sukhumvit 31,North Klongtan,Wattana, Bangkok,Thailand
Tel：+66 2259-9011

我心中最完美的精巧旅館

如果有一天我能夠自己獨立經營一間精品旅館，那麼我心中最佳旅店的範本就是The Eugenia！位於泰國曼谷高級住宅區的這間旅店，濃厚的殖民風格、細膩的設計陳設，至今依然讓我戀戀不捨，而讓我魂縈夢繫的這間旅店，其主人恰巧是位自台灣移民到泰國的室內設計師——葉裕清。葉裕清是國內很傑出的室內設計師，對古老事物執著迷戀、對骨董有著卓越不凡的鑑賞品味，本來在台灣成立生活雜貨品牌，後來將公司賣掉，移居泰國經營家族工廠及專業家具採買，本來只是純粹想蓋一間供家人居住的舒服房子，但因收集了太多骨董建材，多到快放不下了，心想何不就蓋間旅館，實現多年夢想，也就這樣造就了The Eugenia。

在尚未入住Eugenia之前，我就對它那充滿舊時代優雅氣息的網站而深深著迷，所以即使入住一晚的房價幾乎可以媲美半島或東方文華，我還是一心嚮往之，而Eugenia也的的確確沒令我失望！我仍記得要前往旅店的那天午後，因為我手邊並沒有Eugenia的泰文住址，所以計程車司機憑藉著大概的方位在Sukhmvit的巷內尋找許久，當我正懊惱為何在曼谷一直在跟計程司機玩著雞同鴨講的遊戲時，倏忽也就抵達了目的地，而與櫃檯的經理一陣英語交談後，她發現其實我來自台灣，才恍然大悟地跟我說起國語，正所謂他鄉遇故知，身處異地周遭語言皆讓你不知所云時，忽然間聽到熟悉的母語，那繃緊多日的神經也頓時鬆綁下來，也或許是因為這樣的緣份，我對Eugenia的感覺格外的安全及溫暖。

從踏入Eugenia的那一刻開始，
匆促的腳步與鼻息都開始放慢，
我彷彿回到上個世紀，化身為高貴的名媛淑女。
每步上一個階梯就覺得離那個優雅的、有教養的、含蓄的年代，
更親、更近……

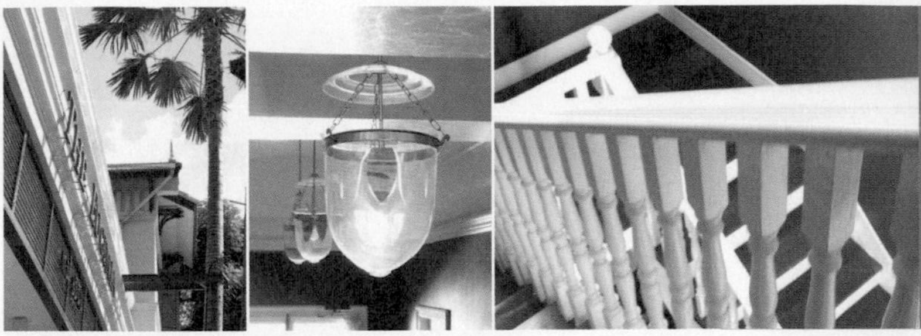

葉裕清是國內很傑出室內設計師，本來只是純粹想蓋一間供家人居住的舒服房子，但因收集了太多古董建材，也就這樣造就了The Eugenia。

旅館的復古氣息讓我化身為上個世紀的優雅淑女

Eugenia是一間充滿復古殖民氛圍的精品旅館，但事實上它是一間嶄新的宅邸，在熱愛骨董的葉裕清設計下，那份刻意營造的懷舊卻顯得那麼真實，彷彿前世真有一個優雅的主人曾在這裡生活過。從踏入Eugenia的那一刻開始，匆促的腳步與鼻息都開始放慢，我彷彿回到上個世紀，化身為高貴的名媛淑女，旅店的服務人員變成我的家僕，小心翼翼地呵護我走上旅店的台階，由於Eugenia沒有電梯，必須拾階而上，那踏著木頭老階梯獨有的清脆響聲，迴盪在空間中，襯著牆上的老式燈具與野獸標本，每步上一階就覺得離那個優雅的、有教養的、含蓄的年代更親、更近。

旅店共16間房，其中四間房保留葉裕清自己及家人居住，而12間房供客人住宿。房內所有的陳設皆是葉裕清自世界各地收集來的骨董，從木頭地板、睡床、燈具、櫥櫃、門窗、銅製浴缸，甚至是電源開關，全都是有歷史的老玩意，每件家具都價值不菲，光是從世界各地運來所必經的層層關卡，就可說是個浩大工程，而舊時光在老家具上留下了刻痕，若非房內有平面電視、電冰箱及VOIP電話的存在，真會讓人有時光倒錯之感！而旅店的管家更是穿上傳統女僕的制服，無時無刻不對著我掛著泰式的靦腆微笑，她們那親切恭謹的問候，既懷舊又優雅，那是一種有血有肉有靈魂的服務，而不是大飯店那種制式流程般的感覺，這恐怕也只有在這種短小精巧的旅店才能感受得到。

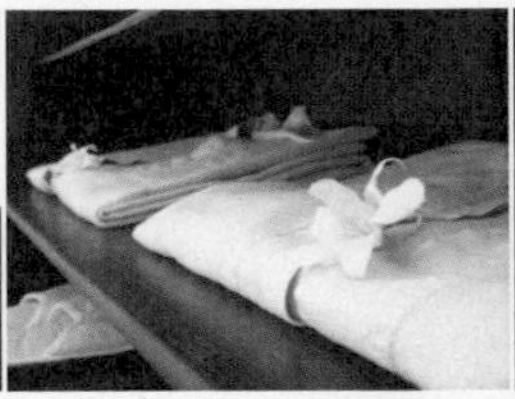

躺在鋪著從比利時進口的高級亞麻寢具，那綿柔無比的觸感，迅速鬆懈了一身疲憊，這套寢具據說非常昂貴，連高級大飯店都不選用，但在Eugenia可是基本配備。

在Eugenia 擁有一晚造價不菲的浴缸

現在許多精品旅店都講求所謂的燈光設計，而我也一直認為要體驗這些精品旅店時尚、摩登的氣息，一定要到晚上才有個準，也方能完完全全感受到那或慵懶、或狂野、或都會的氛圍，因此燈光的堆砌也就更顯重要。那些經過精密設計的精品旅店，光暈的營造自是非常縝密而精準，但**Eugenia**更顯高段，屈指一算房間內的燈具也不過頂上一盞、床旁兩盞、桌上一盞，外加一枚燭光，但光線在空間中有一種強烈的存在，在素雅的房間產生溫暖寧靜的力量，雖然一個人在房間裡，卻彷彿被光線擁抱著，那種感覺比我住過的任何旅店都強烈。寧靜的夜晚除了在桌前寫寫東西，一場完美的沐浴也可說是重要的儀式。**Eugenia**浴室的鋁合金浴缸價值台幣六十多萬，我想這輩子我都不可能用這麼多錢只為買個浴缸，這樣想來，能擁有一晚如此造價不菲的復古浴缸，其實這錢花得真是非常值得啊！我讓自己盡情地沉浸在熱氣蒸騰的水中，搭配著旅店精心準備的泡澡用品，那沐浴時光又似乎往前倒轉好多年。沐浴著一身馨香，我躺在鋪著從比利時進口的高級亞麻寢具，那綿柔無比的觸感，迅速鬆懈了一身疲憊，這套寢具據說非常昂貴，加上清洗熨整都比一般材質的寢具麻煩，所以連高級大飯店都不選用，但在**Eugenia**可是基本配備，旅店的大器由此可見。

The Zheng He Lounge，午後的chardonnay

旅店有一個近2米深的泳池，貫徹到底的復古就是連泳池旁的shower都從巴黎運回的老骨董，一般的旅店泳池總是嬉鬧、喧嘩的，但**Eugenia**的泳

而我也愛極了旅店附設的The Zheng He Lounge，給自己一個下午的時間到lounge裡坐坐，雖然屋外是熾熱的曼谷驕陽，但坐在lounge裡啜飲一杯冰鎮後的chardonnay，所有的躁鬱一掃而盡。

lounge裡的座椅是從比利時運回的骨董沙發，空間裡更放置了許多具有東方風情的骨董收藏，彷彿將那已逝去的、過往的記憶又復刻在旅店緩慢的時光裡。

池卻怡外的寧靜，靜得讓人忘了是身處在喧囂的曼谷，而斜倚在躺椅上，臨著微風、聆聽樹葉沙響，那全然的放空，真是渴望已久的奢侈！而我也愛極了旅店附設的The Zheng He Lounge，lounge裡頭有一個閱讀室，書櫃裡全是關於設計、美學、旅遊類的書籍，供旅客隨性翻閱，正當我讀得興味盎然時，服務人員已經靜悄悄地為我遞上一杯冰涼的開水，lounge裡的座椅是從比利時運回的骨董沙發，空間裡更放置了許多具有東方風情的骨董收藏，彷彿將那已逝去的、過往的記憶又復刻在旅店緩慢的時光裡。隔了一年半後，雖然因為預算的關係沒能來Eugenia住上一晚，但我仍堅持在緊湊的旅程中，給自己一個下午的時間到lounge裡坐坐，雖然屋外是熾熱的曼谷驕陽，但坐在lounge裡啜飲一杯冰鎮後的chardonnay，所有的躁鬱一掃而盡，換來的是寧靜的吉光片羽，真的、真的、真的太令我迷醉了。而那份長存我心的懷念，成為我生活的原動力，無論對老闆、客戶有再多的抱

lounge裡頭有一個閱讀室，書櫃裡全是關於設計、美學、旅遊類的書籍，供旅客隨性翻閱，

旅店有一個近2米深的泳池，貫徹到底的復古就是連泳池旁的shower都從巴黎運回的老骨董。Eugenia的泳池格外寧靜，靜得讓人忘了是身處在喧囂的曼谷，而斜倚在躺椅上，臨著微風、聆聽樹葉沙響，那全然的放空，真是渴望已久的奢侈！

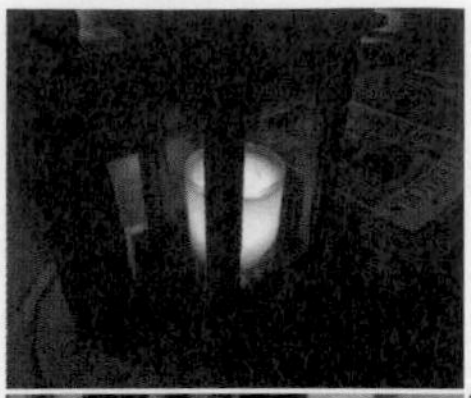

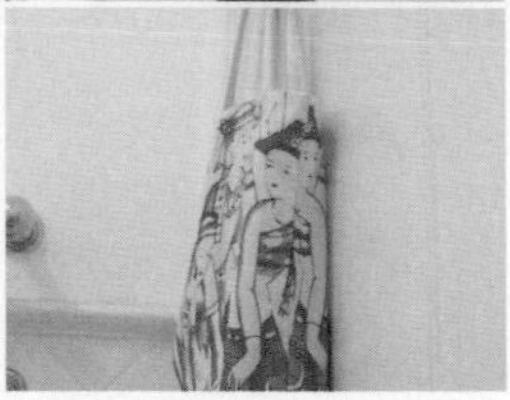

怨，都要相忍為享樂，如此也才能賺些閒錢再來造訪這裡，享受那美好的午後時光！

讓人深深迷醉的古典優雅

在2007年，Eugenia正式獲邀為Relais&Chateaux（R&C）高級旅館與餐飲連鎖成員之一，可說是台籍餐旅經營者第一人，也代表著台灣人也有國際級的經營策略及美學品味。或許你曾住過Raffles、Peninsula、Oriental這些歷史悠久的殖民式大型旅館，但我深信來一趟 Eugenia，那精巧的、古典的優雅殖民氣息絕對會讓你更深深迷戀！離開旅店時，服務人員到門口替我送行，那種只有在南洋地區才看得到的單純笑容至今仍深印在我腦海，也或許在前世，Eugenia就已是我在曼谷的家了！

gossip

Eugenia是非常適合放空的地方，建議什麼都不想，就花一天的時間在旅館泡泡水、喝下午茶，如果你還安排一堆血拼的行程，那來住Eugenia實在太浪費了！房間冰箱裡的飲料完全任君飲用，無須再付費，這點非常人性。如果有任何需要，可向旅館的管家提出要求，她們會非常樂於提供服務。旅館有提供骨董Jaguar車或Mercedes車的接送服務，可徹底感受Eugenia古典的貴族式氣息，但這可不是免費的，不過偶爾要浪漫一下也不錯。

Relais&Chateaux(R&C)
www.relaischateaux.com

源於法國的旅館聯盟，以世界各國獨立經營的小型奢華旅館及精緻餐廳為成員，R&C聯盟對於旅館的遴選過程非常嚴格，包括要有精緻獨特的裝潢風格、完善高檔的餐飲服務等，目前觸角逐漸擴展至亞太區，陸續將亞洲等知名城市的特色旅館納入聯盟體系。

Raffles
singapore.raffles.com

Raffles Hotel萊佛士酒店是新加坡最古老的建築物之一，建於1887年，也是世界上最偉大的十九世紀旅店之一。許多著名作家與電影明星把它當作靈感發源地與度假住處。酒店位於保留了眾多新加坡殖民時期歷史遺跡的地區，可謂殖民風格旅館的代表。

Dojima Hotel × 大阪

大阪城裡的優雅紳士

www.dojima-hotel.com
Add：大阪市北區堂島浜2-1-31
Tel：＋81 06 6341-3000

大阪的紳士代表

大阪，大家第一個聯想到的，總是道頓崛那完全視節能減碳如無物的超大霓虹看板、爭奇鬥艷的love hotel、還有與心齋橋連成一氣的超大商圈，雖然大阪的夜生活如此喧囂精采，但在如此爽朗庶民的城市風格中，若你冀望更優雅、尊貴一點的生活氛圍，就一定要來大阪的堂島飯店Dojima Hotel，感受那氣質不凡的紳士風範。

用書籍打造的內斂空間

如果迷路是旅行的一部分，那麼這回我又在大阪的梅田車站迷航了！其實Dojima距離大阪的梅田車站也才約莫10分鐘的路程，但粗心如我，居然把旅館的地圖搞丟了，於是我淹沒在梅田車站擁擠的人潮與多不勝數的出口裡，在地鐵迷宮裡失去方向。所幸百轉千迴，地鐵站的巨幅地圖解救了我，最終讓我走到正確的位置。當我從昏暗的地鐵迷宮走出，看到陽光、看到Dojima，真的覺得旅館好安靜、好溫柔，讓人充滿了安全感。雖然旅館建築如此雄偉，但卻是低調異常，沒有一般大飯店那種粗魯野蠻的大招牌，而是用纖瘦優雅的字體刻印在石樑上。Dojima一樓的大半空間給了餐廳做門面，反而是要從側邊一個非常低調隱密的玻璃門推開來再搭電梯到二樓的lobby，這一小段從入口處進入二樓的空間，就是Dojima的設計精華之一，旅館罕見的用厚重的木質書櫃擔任空間的主角，書櫃裡都是質感極佳的攝影集或設計書籍，加上深邃的地毯、極簡的燈飾、還有觸感一流的皮質閱讀椅，打造出迥異於一般旅館沉穩內斂的氣質。

Dojima的前身是大阪非常知名的豪門飯店，
老飯店變身為充滿當代日式風格的設計旅館，
形式摩登但又不會太過張揚，處處流瀉出對優雅與古典的崇敬，
實在難以想像如此龐大的旅館，氛圍卻是如此纖細……

雖然大阪的夜生活如此喧囂精采，但在如此爽朗庶民的城市風格中，若你　望更優雅、尊貴一點的生活氛圍，就一定要來大阪的堂島飯店Dojima Hotel。

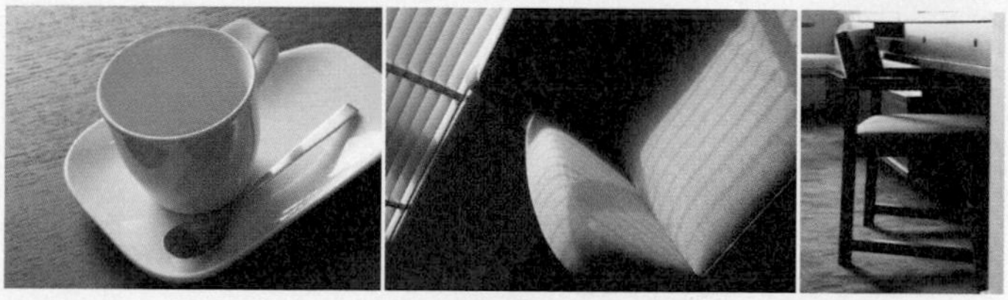

客房簡潔中有風格

Dojima的前身本來就是在大阪非常知名的豪門飯店，到了2006年由新的集團接手經營後，老飯店變身為充滿當代日式風格的設計旅館，形式摩登但又不會太過張揚，雖然手法新穎，但處處又流瀉出對優雅與古典的崇敬，當我踏入住宿的樓層，實在難以想像如此龐大的旅館，氛圍卻是如此纖細，安靜得如入無人之地。走進Dojima的房間，完全沒有任何複雜、浮誇的裝飾，運用光線及線條簡潔的木質家具打造一個舒適卻又渾厚的空間，大量的留白彷彿提醒著旅人們該停下腳步，思考著何謂生活、如何生活。由大阪知名設計團隊graf獨家打造的簡潔桌椅是塑造空間風格的要角，搭配著鄭秀和設計的amadana家電、無印良品的車站時鐘、Tycoon Graphics以大阪古錢幣為靈感設計的logo信紙……藉由以上這些物件的堆砌，Dojima營造出完全日式的舒適質感，舒適到連MONOCLE雜誌的Travel Top 50專題中，發行人Tyler Brûlé 將Dojima列為其中Best in-room amenities，全世界的高級旅館何其多，Dojima卻能受到MONOCLE的青睞，可以想見旅館對所有細節的安排，除了精密到位之外更是領先群倫的。

完整的生活、餐飲機能

Dojima的總體規劃是由Transit General Office所執掌，這個團隊就是東京目黑HOTEL CLASKA改建的幕後功臣，也因此在著手規劃堂島飯店之時，團隊也展現豐沛的人脈及旺盛的企圖心，企圖打造一個生活及文化機

Dojima的總體規劃是由Transit General Office所執掌，這個團隊就是東京目黑HOTEL CLASKA改建的幕後功臣，也因此在著手規劃堂島飯店之時，團隊也展現豐沛的人脈及旺盛的企圖心。

Dojima的前身本來就是在大阪非常知名的豪門飯店，到了2006年由新的集團接手經營後，老飯店變身為充滿當代日式風格的設計旅館，形式摩登但又不會太過張揚，雖然手法新穎，但處處又流瀉出對優雅與古典的崇敬。

能完整的空間，包括Hacknet書店、精品眼鏡店Brillen Bach、自營的花藝店ANTIQUE BOUQUET、還有COCOON SPA沙龍，藉由這些高質感商店的入駐，烘托出Dojim在大阪地區無與倫比的王者地位。餐飲的規劃上也很豐富精采，包括日本料理花鳥、中國料理瑞兆以及結合酒館與餐飲功能的The Diner，值得一提的是，The Diner旁有間旅館附設的西點麵包店，店鋪陳設簡單卻風格十足，還有哪間麵包店會比它更有型的呢！聽說日本人最近很瘋堂島一家Mon-chouchou的蛋糕店，該店的蛋糕捲經媒體報導後就引起日本人瘋狂排隊搶購，還從關西紅到關東，而這種蛋糕捲也成了堂島名產的代名詞，不過如果懶得一窩蜂，倒是可以到The Diner旁的麵包店購買，蛋糕上還烙印著旅館的logo，買來當伴手禮亦是非常賞心悅目的選擇。

餐飲的規劃上也很豐富精采，包括日本料理花鳥、中國料理瑞兆以及結合酒館與餐飲功能的The Diner。

善盡文化責任 創造品牌特色

除了完整的生活與餐飲機能，Dojima仍不忘在大阪地區扮演藝術、設計文化推廣的重要角色，每年都會固定贊助藝術展覽，而展覽的地點就在Dojima的房間裡，2008年的夏天Dojima更與日本、台灣與韓國的多個藝廊合作，展出三地的當代藝術作品，讓旅客入住於此，得到的是身、心、靈的全方位滿足，同時又可善盡社會責任，與城市的居民一同共生、蛻變與成長。住在Dojima，我有深深的感觸，一個城市的頂級旅館，未必是要跨國大集團的品牌，如果在地的經營團隊能夠突破傳統的旅館思維，又能結合當地豐厚的文化底蘊，必能創造出感動人心的品牌故事，而Dojima絕對足以成為大阪的驕傲，連wallpaper雜誌都將Dojima列為 Best Business Hotels 2008，而這份殊榮在日本是與東京的半島酒店並列的，光憑這點，就證明了Dojima的改造是如何成功了！

gossip

Dojima提供的香氛沐浴用品Agronatura超級好用!是在義大利有機農場栽種的植物再到日本提煉的有機香氛，在台灣很難買到，所以請務必將用剩的帶回家。

如果你喜歡日本的設計家電，Dojima從CD音響、熱水器、吹風機等，全都是amadana，可大大滿足設計迷的需求。旅館有推出多種住宿餐飲套裝行程，樣式豐富，可直接透過旅館網站預定。

graf
www.graf-d3.com

由服部樹姿領軍與其他成員共六名成立的設計團隊，創意廣泛，涵蓋室內設計、家具設計、當代藝術、美食等多方面領域，並在大阪設立了一個結合show room、餐廳、事務所等複合式的營運空間graf bid.。奈良美智「A to Z」的木屋結構即是由graf來執行。是關西地區非常知名的創意團體。

Tycoon Graphics
www.tycoon.jp

為Dojima的平面設計團隊，特別以大阪商人過去使用的錢幣為創意來源，作為旅館logo之雛形，此一發想，與Tycoon Graphics為東京表參道之丘Omotesando Hills所做的logo設計有異曲同工之妙。

Transit General Office
www.transit-web.com

由中村貞裕創立的創意商業團隊，包括餐飲規劃、旅館規劃、時尚包裝、產品設計包裝等全方位的服務。中村貞裕曾與2003年著手參與Hotel Claska的改建計劃，也因Hotel Claska的成功為他擴充了事業版圖。

The Heritage Baan Silom ╳ 曼谷

在夢幻房間裡做個公主夢

www.theheritagehotels.com
Add：659 Silom 19, Silom Road., Bangrak, Bangkok 10500 Thailand
Tel：+66 2236-8388

遺世獨立的優雅小旅館

與陌生人邂逅本來就是旅行的一部分，而一個人在旅館會遇到什麼新鮮事呢？答案是被畫著大濃妝、娘味十足的餐廳主廚搭訕……這一段際遇，讓我容後再說，但在如此優雅寧靜的旅館，碰上這種算不上豔遇的小插曲，讓我在The Heritage Baan Silom有著非常衝突的感受。

在Silom這個人潮錢潮匯聚的曼谷商業區，實在很難想像居然有間鬧中取靜、遺世獨立的優雅小旅館，旅館周邊包圍著高聳入天的商業大樓，但這裡卻完全自成一格，以歐洲小鎮式的建築與格局形成一個機能完整的迷你社區，有藝廊、咖啡店、冰淇淋店、書店、花藝店等，氣氛緩慢優雅，即使在這麼小的區域裡，你都覺得可以閒晃一天而不無聊！

在純白的房間裡 實現我的公主夢

那是一個陰雨綿綿的午後，不同於一般曼谷悶熱的天氣，我來到The Heritage Baan Silom，涼風、水氣襲來，讓旅館更增添幾許詩意。旅館的房間就藏身在一棟棟歐式建築裡，服務人員帶我從另一棟建築拾階而上，長廊的牆面全部漆成濃厚的黑色，帶點哥德的風味；但一踏入房門，卻幾乎是一面倒的白，房間運用復古家具與當代簡潔的裝潢混合出新式美感，全部都是純潔無瑕的白，夢幻極了！這絕對是愛做公主夢的女孩子們渴望的房間，因為房內有個優雅精緻的梳妝台，閃耀但不會太過華麗的水晶吊燈、古典的白瓷浴缸，所有的陳設是如此溫婉而甜美，如果我的行李中有

這絕對是愛做公主夢的女孩子們渴望的房間，
所有的陳設是如此溫婉而甜美，
如果我的行李中有件粉色小洋裝，我一定會穿上它，
故作優雅地⋯⋯
讓自己變身為集萬千寵愛於一身的高貴公主。

長廊的牆面全部漆成濃厚的黑色，帶點哥德的風味；但一踏入房門，卻盡乎是一面倒的白，房間運用復古家具與當代簡潔的裝潢混合出新式美感，全部都是純潔無瑕的白，夢幻極了！

件綴有蕾絲、蝴蝶結或公主袖的粉色小洋裝，我一定會穿上它，然後故作優雅讓自己做個公主夢，反正現實生活中我們總為了配合別人而委屈自己，搞得自己像女工一樣，就算是自我安慰、幼稚可笑，我都想要變身為集萬千寵愛於一身的公主，哪怕只是一晚也好！

房門的風格是舒適的、溫柔的，但lobby的空間就變得很lounge，以黑、深藍為基調，濃重的色系配上帶有復古風格的清透時尚家具，包括Table Lamp Bourgie及Louis Ghost Chair等，還有牆上的Venetian Mirror更是有畫龍點睛之效，讓旅客的雲裳鬢影反射在奢華的鏡面中，暗沉的空間也就因此全解了套。

被大濃妝主廚搭訕的詭異經驗

而與lobby相連的是旅館附設的Barcony Bar & Restaurant，提供旅客從早餐、中午的簡餐到晚上的各式酒品及餐點，因為房間的導覽說明餐廳營業到晚間11點，索性我就小睡片刻，約莫9點半才打算到餐廳去坐坐，誰知我到了餐廳已經準備要打烊了，但服務人員還是很客氣遞上menu並把已經準備休息的主廚叫了回來，或許是因為偌大的餐廳只剩我一個人，加上我又是女孩子，這位怪怪先生完全發揮他的公關天性，跑來與我哈啦，他熱情地告訴我雖然餐廳要打烊了，但還是非常樂意為我準備餐點，他講話帶點娘味、眼神卻又不斷放電，讓我有點摸不著頭緒，加上他那腔調怪異的英語，讓我聽得很吃力，當下真想趕快結束這段在我旅程中完全不會掀起任何漣漪的對話。到了隔天清晨，我來到Barcony吃早餐，這位怪怪先

與lobby相連的是旅館附設的Barcony Bar & Restaurant，提供旅客從早餐、中午的簡餐到晚上的各式酒品及餐點。

房間的風格是舒適的、溫柔的，但lobby的空間就變得很lounge，以黑、深藍為基調，濃重的色系配上帶有復古風格的清透時尚家具。

旅館周邊包圍著高聳入天的商業大樓，但這裡卻完全自成一格，以歐洲小鎮式的建築與格局形成一個機能完整的迷你社區。

生再度出現，這回我真是被他嚇到了！因為白天清亮的光線終於讓我可以把這位先生看得清楚，眼前的他，擦著像上漆般的厚重粉底、足以讓人狂打噴嚏的香水味、超級緊身的襯衫及褲子、還有嘴上那閃亮亮的唇蜜……天啊！我輸了！我輸在怎會有個男人精心打扮的程度遠勝過我，雖然他這一身打扮真是糟糕透了，但真的糟得足夠讓人難以忘記，雖然他很認真的與我閒聊，但我完全不記得他說了些什麼，只記得他那一身騷勁十足的打扮，至少是我這次旅程中，最讓我難以忘懷的一號人物啊！

其實，用親切的笑容與殷切的問候，讓旅人感受到如家的溫暖，是旅館工作人員必備的基本能力，只是，還是要發乎情、止乎禮，這中庸之道如何拿捏自然是服務業最深的奧義，許多精品旅館縱容這種太搶眼、太有個人風格的服務人員，真的會讓旅客消化不良、難以招架。如此這般，白色的夢幻房間與化濃妝的怪主廚，成為我對The Heritage Baan Silom最大的回憶，真的很跳tone，不是嗎？

Hotel 1929 ╳ 新加坡

尋回遺忘的舊時光

www.hotel1929.com
Add：50 Keong Saik Road,Singapore 089154
Tel：+65 6347 1929

去新加坡，不用想太多

若想為過往留下一段記憶，你會選擇怎樣的方法——拍一部電影？寫一本小說？譜一首歌？或是畫一幅畫？去過新加坡的Hotel 1929之後，我的答案是——開一間旅店。

那是個空氣熾熱的午後，對於一成不變的工作感到厭倦至極，逃離成為我唯一的渴望，也是我對現狀最大的報復，於是我只花了半個小時，用網路訂下旅館及機票，最後再跟公司撒點小謊，找一個非得請假的理由，就這樣我飛離了台北，逃到另一個城市。新加坡，那個在許多人眼中井井有條、紀律嚴明甚至有點boring的城市，我居然要到一個無聊的地方去找樂子、到一個拘謹的城市去放縱？其實即便到出發前，我對這趟旅行仍沒有太多的想法，連地鐵站跟地圖都沒搞懂，就這麼飛去了新加坡，或許是新加坡太safe了，反正治安良好、語言又通，一切也就沒啥好擔心的，只要能住到我想住的旅店、吃到美味的海南雞飯，其他的也就隨遇而安了吧！

超迷你空間

當我抵達新加坡時已經是深夜了，地鐵早已收班，計程車成為我到旅店唯一的交通工具，從司機的反應，我知道他從來不曾載過客人到Hotel 1929，也不清楚它正確的位置，儘管Hotel 1929在亞洲的精品旅館界早已如此赫赫有名！當計程車駛進牛車水狹窄的恭錫路(Keong Saik Rd.)，眼前的Hotel 1929在黑夜中滲出溫暖的暈光，長途飛行的疲憊讓我想要趕快擁

在此住上一晚，雖稱不上舒服至極
但卻有種漫步在舊時光之感
旅店長廊的牆上掛滿殖民時期的黑白照片
似乎不斷喚醒著那段歷史過往

所有的配件都是小小的，為了讓狹小的空間更形寬敞，浴廁空間用玻璃隔出，並用藍、白、綠的馬賽克拼貼牆面，呈現既摩登又復古的況味。

抱那軟綿綿的床，我也終於拋開台北所有的煩人瑣碎，逃到一個寂靜、單純且專屬於我的時空裡。旅店的房間不大，也可說小得讓我有些詫異，大概就是那種僅容旋身的寬度，再放個旅行箱，就把房間佔滿了。所有的配件都是小小的，冰箱小得只能放上一瓶水及一罐可樂，掛在牆上的平面電視也約莫只有15吋，為了讓狹小的空間更形寬敞，浴廁空間用玻璃隔出，並用藍、白、綠的馬賽克拼貼牆面，呈現既摩登又復古的況味。床單用的是芬蘭品牌Marimekko聞名世界的Unikko圖紋織品，這個由Maiji Isola所設計出的手繪花朵圖形，早已成為Marimekko的icon，鮮明的色彩、自然的線條，讓人彷彿走入童話世界，也成了房間裡最亮眼的點綴。

旅店的主人盧立平(Loh Lik Peng)因Hotel 1929而一戰成名，話說在旅店落成之前，他還只是個30出頭的年輕律師，但當旅店落成後，他迅速成為集文化、時尚、藝術、旅遊等話題於一身的新加坡名人，有句話說，要害一個人就叫他去辦雜誌——那要讓一個人出鋒頭，就讓他弄間精品旅館吧！因為Hotel 1929的空前成功，讓他不需要花任何公關費用，就得到國際間時尚、設計及旅遊雜誌的大篇幅報導，而在此之前盧立平並沒有任何旅館經營的經驗，但反而沒有包袱、自由揮灑。

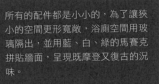

二十世紀當代經典家具的展示

其實Hotel 1929的確有讓人注目的條件，首先，這個由五棟建於1929年、由受政府古蹟保護的店屋（shop house）改裝而成的旅店，在建築本

1929
50

這個由五棟建於1929年、由受政府古蹟保護的店屋改裝而成的旅店，在建築本身就是賣點。外觀上更雜揉了歐洲裝飾藝術的特性，自成一種「中式巴洛克風格」。

身就是個賣點，店屋是中國移民在新加坡的生活遺跡，是一種住商混合式的建築，頗有大稻埕老房子的味道，尤其在外觀上更揉雜了歐洲裝飾藝術的特性，自成一種「中式巴洛克風格」，對於喜好復古、文化事物的旅人來說，到新加坡當然要來住一下店屋，體驗一下早期華人庶民的生活情調。

有了復古的條件，再來便要加上一些摩登的元素，為了改善店屋狹長侷促的空間，整間旅店將一樓的牆面打掉，用透明的玻璃來增加明亮感，並善用畸零空間，用20世紀經典家具陳設出一個頗具味道的lobby，由於旅店主人過去在英國生長，長期浸潤於當地的文化氣息，培養了出眾的生活品味，其眼光、品味之獨到，光看他所挑選的椅具就知道他是個行家，踏入旅店先佔據視線的是電梯旁由Verner Panton 所設計的心形椅（Heart Chair），飽和的鮮橘色讓人不注目也難，而這張Heart Chair也成了旅客辦check in手續時稍坐小憩的地方，Verner Panton這張一點都不低調的椅子也就成了最實用的裝飾品。

而lobby中由Joseph Hoffman所設計的Kubus Sofa，可謂將沙發的古典形式跨入現代主義之設計，別小看這張沙發，它可是啟發了建築巨擘Le Corbusier的Grand Comfort的沙發系列。而最令我激賞的是Arne Jacobsen 的蛋椅（Egg Chair），當年為了丹麥哥本哈根SAS旅館所設計的Egg Chair，渾圓的椅體、柔和的線條，坐在其中仿若包覆於蛋殼內，可說是所有椅子

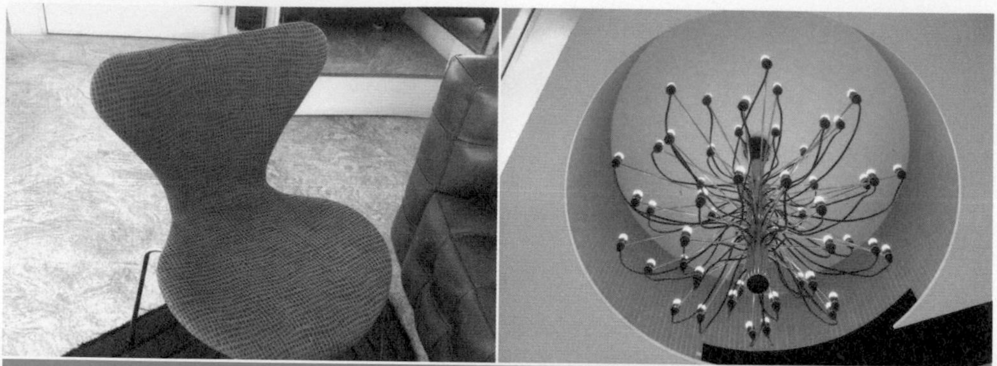

由於旅店主人過去在英國生長，長期浸潤於當地的文化氣息，培養了出眾的生活品味，其眼光、品味之獨到，光看他所挑選的椅具就知道他是個行家。

其實要擺設一些昂貴的家具容易，但要如何這些家具會呼吸、有表情，就要看旅店主人如何讓家具與建築空間產生對話。

迷心中的夢幻逸品，我曾在台北某些設計家飾或保養品的show room中看過Egg Chair，但永遠是純供欣賞、請勿試坐，而Hotel 1929居然大方地讓旅客任意使用，眼前這張由棕色皮革製作的Egg Chair少說也要好幾十萬，我怎能不把握這個機會好好享受在蛋椅中的溫柔時光？除此之外，lobby還有Egg Chair的姐妹作天鵝椅(Swan Chair)，再加上Achille Castiglioni的Sella及Arco燈、Paul Volther的Corona Chair……其實要擺設一些昂貴的家具容易，但要如何這些家具會呼吸、有表情，就要看旅店主人如何讓家具與建築空間產生對話，而在這些經典椅具堆砌的摩登空間中，旅客可以隨性地閱讀書報、雜誌，腳步變得輕盈、心情變得鬆弛……剎那間，古老的生活空間也成了時髦場域。

踏入旅店先佔據視線的是電梯旁由Verner Panton 所設計的心形椅(Heart Chair)，飽和的鮮橘色讓人不注目也難，而這張Heart Chair也成了旅客辦check in手續時稍坐小憩的地方。

要擺設一些昂貴的家具容易，但要如何這些家具會呼吸、有表情，就要看旅店主人如何讓家具與建築空間產生對話，而在這些經典椅具堆砌的摩登空間中，旅客可以隨性地閱讀書報、雜誌，腳步變得輕盈、心情變得鬆弛……

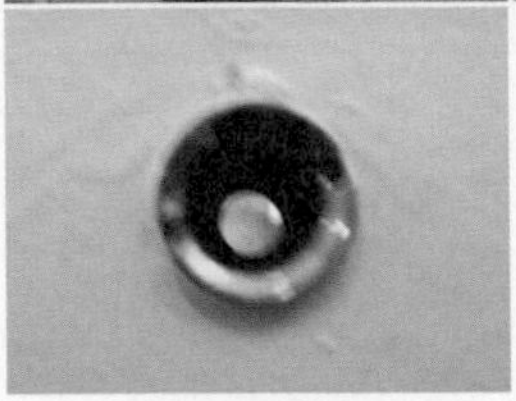

用旅店留住舊時光

Hotel 1929適合喜歡冒險、設計、復古事物的旅人，在此住上一晚，雖稱不上舒服至極，但卻有種漫步在舊時光之感，旅店長廊的牆上掛滿殖民時期的黑白照片，似乎不斷喚醒著那段歷史過往，但殖民時光畢竟離我太遙遠，我腦中卻不斷浮現著電影「花樣年華」中周慕雲（梁朝偉飾）對蘇麗珍（張曼玉飾）說想到新加坡去換一下環境，免得聽太多的閒言閒語的對白，或許，對當年來此落腳的華人來說，新加坡是個重新開始、解放過去的機會之地，在時間的偶然、歷史的必然中，造就了現在的新加坡，而那牆上的黑白照片，就如同電影中所說的——

「那些消逝的歲月
彷彿隔著一塊積著灰塵的玻璃
看得到抓不著」

gossip

因為遷就於店屋狹窄的格局，旅店的superior room（約150坡幣）實在小得有點心酸，如果預算許可、又在乎舒適與否的旅人們，請從deluxe room（約210坡幣）開始住起。

旅店最令人興奮的就是坐擁lobby那些身價百萬以上的經典座椅，所以千萬別跟它客氣，盡情的摸、盡情的坐、盡情的拍照……這是住在Hotel 1929最奢侈的福利。如果你是這方面的門外漢，請先將當代經典椅具的設計軌跡了解一番，否則將無法感受到旅店的精彩之處，那可就太可惜了！

Marimekko
www.marimekko.com

由ARMI RATIA女士於1951年創立的芬蘭織品品牌，擅將印花圖騰、幾何圖形、繽紛濃豔的色彩運用於織品布料上。其中其首席設計師 Maija Isola 在西班牙旅行時有感而發創作UNIKKO(芬蘭文為罌粟花之意)，強烈表達出因芬蘭極地嚴酷的氣候造成北國人對南國燦爛繽紛季後的迷戀，如今這也成為Marimekko的經典花紋，延伸運用在家具、床具、杯盤、服飾等。

Le Corbusier
www.fondationlecorbusier.asso.fr

Le Corbusier(1912-1965)，當代建築巨擘，其所提出的建築論點及構築手法，可說對現代建築有著深遠的影響，馬賽公寓Unité d'Habitation de Marseille及廊香教堂Chapelle Notre Dame du Haut可說是代表作。延伸到家具設計上，其所設計的椅具強調機能，認為家具應為住宅的一部份，可說開啟了20世紀現代家具設計風潮，其中LC系列，可說是行家品味人士心中的夢幻逸品。

Arne Jacobsen
www.scandinaviandesign.com/arne_jacobsen

Arne Jacobsen(1902~1971)，丹麥設計大師，本來是泥水匠學徒，之後並完成丹麥哥本哈根美術學校建築系學位，其設計黃金期是二次世界大戰之後，其所設計的椅具、餐具、燈具、生活用品等，受到世人喜愛及注目。他的設計靈感取材於大自然，以簡約的風格來呈現幾何美感，如Ant chair、Egg Chair……。要全方位體驗Arne Jacobsen，丹麥哥本哈根的SAS Royal Hotel 是最好的目標，因為從建築到空間內部的家具、燈光、衛浴等皆是由他全部包辦，如今皆已成為設計史上的經典之作。

Ambience ╳ 台北

極簡的白色情迷

www.ambiencehotel.com.tw
Add：NO 64,Sec 1, Chang-An E Road,Taipei,Taiwan R.O.C
Tel：+886 2 25410077

極簡素白的喜瑞飯店

在極簡主義當道的美學風潮影響下，許多精品餐館、設計旅店的空間風格都走向簡約的方向，但我一直認為所謂的極簡大概只有商業空間、宗教場所、文物展示空間比較可能發生，至於要將極簡落實於我們日常的生活居家空間，大概也只適合那些有錢有閒有品味的高端人士，畢竟對一個尋常百姓來說，要將家中大小雜物收拾得一塵不染，著實不是一件容易的事，你可能要時時擔心家中的小孩或寵物會弄髒或破壞這些高貴家具，更遑論要維持那樣的品味需要多少金錢來堆砌，所以選一晚去住所謂的極簡旅店，是形塑自己另類生活最好的方式。而位於台北長安東路上的喜瑞飯店Ambience Hotel就堪稱是近期台北都會區最時尚也最具設計感的精品旅店。

旅店建築與內部空間皆以白色為基調，以極簡的手法呈現，整間旅店看不到一幅掛畫、或放置任何雕塑品，素白的牆面唯一的裝飾是光暈的渲染，而lobby裡那隻Magis的白色puppy大概是旅店裡唯獨特例的裝飾吧！

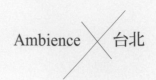

清透的塑料家具

喜瑞飯店是由台灣知名建築師李瑋珉及夜店教父蘇誠修所設計，在這個既不時髦也無人潮聚集的區域裡，居然矗立一棟精品旅店，著實令人大感意外。我入住位於建築角落的豪華客房Corner Room，居高臨下，窗外是高架橋上川流不息的車潮及台北有些雜亂的天際線，除此之外銀、灰、白是房內僅有的色調，洗練簡約，視覺變得單純、氛圍變得聖潔，倏忽，是城市的點點燈火，撩撥我萬端的愁緒？
又或是純白的空間迫著我逼視未來？
當時糾結的複雜心思我已無從記起……
但依稀記得在那純白無情緒的房間裡，我縱容自己任性的流淚。

我彷彿與幾小時前纏繞著我的煩人瑣事全部隔絕。而房內運用兩件「超火」的Kartell塑料家具——法國設計鬼才Philipe Starck的Louis Ghost Chair及義大利Ferruccio Laviani的Table Lamp Bourgie，這兩件在時尚旅店、餐館及酒吧曝光率極高的object，可說是讓房間擺脫單調的一大關鍵！Louis Ghost Chair可說是紅翻天的塑料椅具，據說取名叫「鬼椅」的原因是因為它清透的特質，像鬼一樣行蹤飄忽般的穿透感，過去我並沒有這般強烈的感覺，直到住進Ambience，欣賞到從那透明椅身穿出的台北街景，才真正感受到這張「鬼椅」的神奇，它是實體的存在，卻又穿透一切，所有的視線變得通徹無阻礙，也難怪許多設計師、時尚工作者的家中總會放上一張Ghost Chair！而Bourgie就更不用說了，Laviani用新式塑料卻能將之變化為充滿維多利亞風情的高貴燈具，可說大大顛覆了塑膠物件的既定風格，此款燈具不論放在房間的任何角落，都可說艷光四射，成為空間中既搶眼又不掩蓋所有光彩的最佳配角。

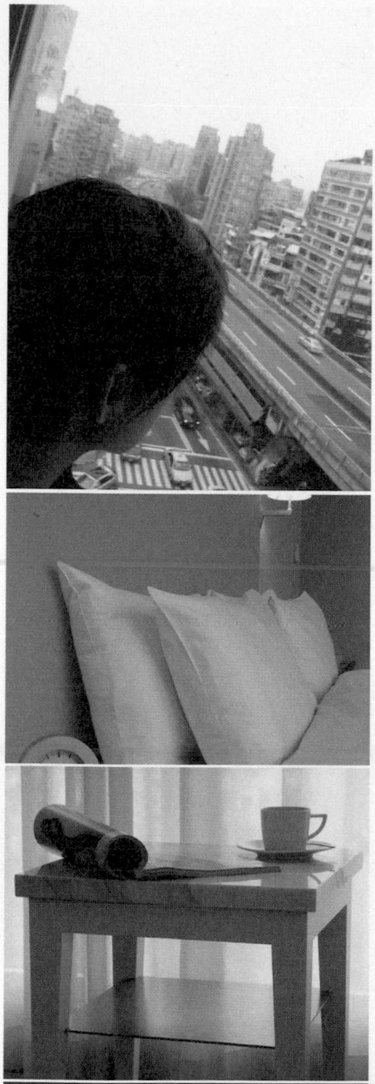

旅店建築與內部空間皆以白色為基調，以極簡的手法呈現，整間旅店看不到一幅掛畫、或放置任何雕塑品，素白的牆面唯一的裝飾是光暈的渲染。

同樣走白色簡潔風格的浴室空間，讓入住的旅客將疲憊的身體交付給獨立的白色浴盆，溫熱的水流與蒸騰的熱氣包覆著我，耳邊流洩的是Ambience的音樂專輯，千斤重的身體也因此徹底全然的放鬆。

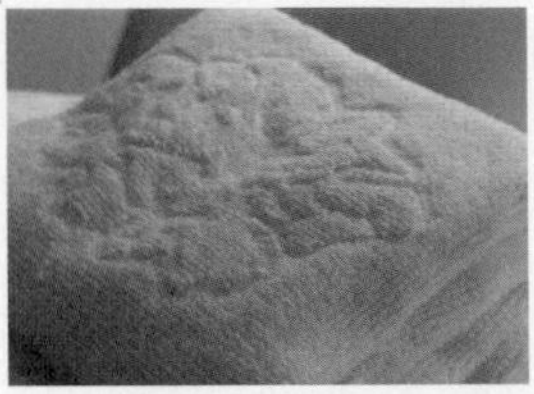

純白的療癒系空間

同樣走白色簡潔風格的浴室空間，讓入住的旅客將疲憊的身體交付給獨立的白色浴盆，溫熱的水流與蒸騰的熱氣包覆著我，耳邊流洩的是Ambience的音樂專輯，千斤重的身體也因此徹底全然的放鬆；沐浴過後，我坐在窗邊獨自啜飲著啤酒，望著台北的夜景，奔馳的車流、流洩的夜燈，朦朧中我掉下眼淚——是城市的點點燈火，撩撥我萬端的愁緒？又或是純白的空間迫著我逼視未來？當時糾結的複雜心思我已無從記起……但依稀記得在那純白無情緒的房間裡，我縱容自己任性的流淚。

旅館就是這樣既寂寞又美好的地方啊！它擁抱著每個疲累的身軀，用無言的力量給予撫慰，那些脆弱又卑微的小生命在另一個時空中自我療癒，找到一些繼續往下去的動力。剎那間，天泛金光，嬌豔的陽光將我灼醒，臉上猶有昨夜的淚痕，我揉一揉眼、拉直身體，今天之前的愁緒似乎也飄然遠去。

gossip

Ambience只要花約莫2700元就可入住，算來非常經濟實惠，但如果想要有個漂亮的大浴缸及乾溼分離的沐浴空間，建議入住豪華客房Corner Room，代價約莫台幣3800多塊，這樣的價格比起其他國際大都會的房價，實在太平易近人了 ，所以儘量對自己大方一點 ！
在Ambience的晚上絕對不無聊，除了完整的電視頻道，還有隨選的電影頻道，有最新的亞洲與歐美電影可以欣賞，加上Ambience專屬的音樂專輯供旅客聆聽，娛樂系統之完整令人激賞。
建議帶瓶紅酒在房間享用，一邊啜飲紅酒、一邊望著台北城市夜景，真是至為享受！

李瑋珉
www.lwma.com

台灣知名建築師，活躍於兩岸，於上海、北京、台北皆有廣受注目作品，設計風格簡約、饒富人文風情，近期作品包括台北璞真建案接待中心、上海九間堂別墅等。

Ferruccio Laviani
www.laviani.com

義大利知名設計師，涉足家具物件及室內空間，設計風格充滿活力及想像力，擅用多變的色彩帶出物件特色，與Kartell、Foscarini、Emmemobilli等知名廠牌合作，其所設計的Table Lamp Bourgie已堪稱Kartell的經典燈具，近期更與時尚名牌D&G合作，設計其位於米蘭的高級時尚餐廳GOLD。

旅館人生 尾聲

殘香

Check Out之後

能帶走的 只有旅館瓶瓶罐罐的沐浴用品

那殘存的香氣成為我的回憶

喚醒我那一晚的墮落與享樂

就讓那殘香成為我的魂縈夢繫…

即便之後日子再度打回原形

我的叛逃 仍在內心深處 永不停止！

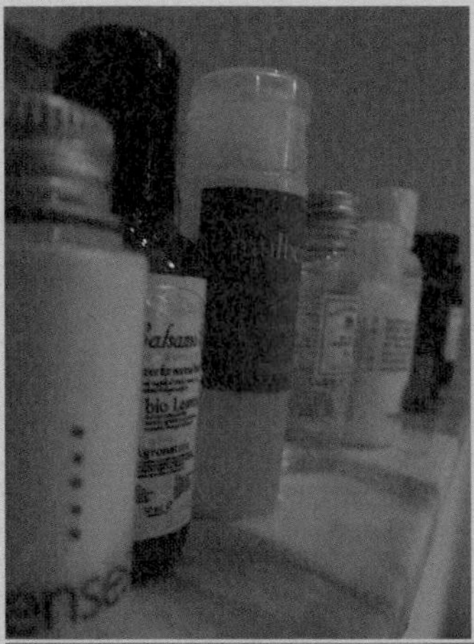

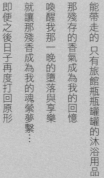

WHITE RIVER FALLS
BATH & SHOWER GEL

國家圖書館出版品預行編目資料

一夜叛逃 / 郭容著. -- 初版. -- 臺北市
: 大塊文化, 2008.07
面； 公分. -- (catch；144)
ISBN 978-986-213-071-1(平裝)
855 97011187

LOCUS

LOCUS